DU MÊME AUTEUR

MANHATTAN, roman, Arléa, 2009

PÔLES MAGNÉTIQUES, roman, Arléa, 2012

QUITTER VENISE, roman, Mercure de France, 2014

L'ENFANT SANS VISAGE

Anne Révah

L'ENFANT SANS VISAGE

ROMAN

MERCVRE DE FRANCE

Le rendez-vous avait été fixé dans un café près de la gare du Nord. Au téléphone, la journaliste avait précisé qu'elle laisserait en évidence sur la table du café une pochette de Skaï rouge, celle de son ordinateur. C'était un bon moyen de se reconnaître. Elle avait attendu, plus d'une demi-heure, elle s'était un peu inquiétée, peut-être que personne ne viendrait.

À travers la baie vitrée, elle avait vu surgir une femme mûre sur un vélo, elle l'avait regardée s'immobiliser, puis accrocher le vélo à la rambarde métallique qui longeait la sortie du métro. Ses gestes automatiques, son visage resté tourné vers le sol.

La femme était entrée dans le café doucement, elle semblait hésitante, et son regard avait accroché la pochette rouge.

Elles s'étaient alors souri, un peu gênées.

— Il faut que je vous dise tout de suite que c'est particulier pour moi de venir ici.

— Vous avez changé d'avis, vous ne voulez plus me raconter ?

— Non pas du tout, mais ce n'est pas très facile…

— Je sais, on peut tout annuler même maintenant, je ne veux pas vous imposer quoi que ce soit…

— Non je vais le faire, j'en ai quand même envie.

— Comment préférez-vous qu'on procède ? Je vous pose des questions, j'en ai quelques-unes de préparées, ou bien vous racontez ce que vous voulez ?

— Je vais vous raconter tout ce dont je me souviens, peut-être pas tout d'un coup…

— On se reverra autant de fois que vous le penserez nécessaire, ensuite j'écrirai quelque chose, et je vous le montrerai, vous déciderez après…

— Vous êtes une sorte d'écrivain public ?

— Je vous ai dit au téléphone, je suis journaliste de formation, je veux vraiment faire un documentaire approfondi sur les récits de femmes comme vous… merci d'avoir accepté… en fait je commence par recueillir les histoires, en détail si possible… je veux vraiment qu'on ait accès à comment vous avez vécu tout ça, même si c'était il y a plus de dix ans.

— Je le fais parce que je me dis que ça peut aider d'autres femmes, d'autres couples, c'est important… en plus, j'ai une mémoire incroyable, ça m'impressionne encore, je m'y vois, les lieux, les phrases, ça a l'air de dater d'hier, de ce matin même… comme si tout était resté intact, il n'y a que les dates qui flottent un peu…

— Je vais tout enregistrer, vous êtes d'accord ?

— Pas de problème, du moment que je ne suis pas obligée de me réécouter.

— Vous supporterez de relire ce que j'en aurai fait ?

— Je ne sais pas, on verra… les autres femmes qui vous ont déjà raconté, elles ont fait comment ?

— Ça dépend… mais quand on décide de mettre des prénoms, pour certaines c'est plus facile, car on choisit les prénoms qu'on veut… ça met un peu de distance.

— J'y ai réfléchi avant de venir, moi ce sera Bénédicte, et lui Guillaume, c'est pas mal non ? Guillaume et Bénédicte.

Ils étaient venus passer un long week-end d'avril dans la maison de vacances des parents de Guillaume. Ils avaient fait près de huit heures de voiture pour être quatre jours dans cette maison qu'ils aimaient beaucoup. Une maison de village, restaurée, qui n'avait qu'un défaut, l'absence de jardin, il y avait seulement une terrasse de dix mètres carrés au dernier étage, en plein soleil, avec une vue sur les arbres de la place et les champs d'oliviers qui s'étendaient jusqu'à la départementale.

La chambre était grande, comme creusée dans la pierre. Au sol, un revêtement coco, inconfortable sous la plante des pieds, mais sur lequel on repérait facilement les petits scorpions. Le lit était collé au mur du fond, face à la porte, sous une ouverture étroite, juste une fente pour la lumière. La fenêtre sur le mur de droite était un œil-de-bœuf, fixe, en bois sombre, d'environ un mètre de diamètre, donnant sur la place du village, avec sa jolie église romane, et quelques voitures toujours garées sous les platanes.

À l'entrée de la chambre, sur la gauche, en bas de deux marches, une salle de bains avec une douche italienne, un sol de ciment lissé, un lavabo rectangulaire, au rebord massif, une robinetterie géométrique. Tout était sobre et de bon goût.

Ce devait être le samedi après-midi, lendemain de leur arrivée. Ils étaient allés au marché chercher de quoi manger. Guillaume avait préparé une ratatouille, du poulet grillé, et de la purée pour leur petite fille. Dans la maison, on entendait un peu partout la musique enfantine qui jaillissait très fort de l'appareil à cassette rouge et jaune de l'enfant. Après le déjeuner tardif, c'était l'heure de la sieste.

Bénédicte était dans les bras de Guillaume, ils venaient de faire l'amour. Lui s'était décollé, pour s'installer sur le ventre, les bras ramenés au-dessus de sa tête, le visage à moitié visible, les paupières fermées, il flottait, sa respiration n'était pas régulière.

Depuis plusieurs mois, elle ne prenait pas la pilule car elle ne la supportait pas bien. Elle avait eu des douleurs aux seins, et beaucoup de nausées, elle cherchait une contraception qui lui convienne, elle procédait par tâtonnement. En attendant, ils avaient fait le choix des préservatifs. Ce n'était pas difficile, c'était même un peu risible, elle s'y était habituée et Guillaume semblait prendre tout cela avec une légèreté adéquate.

Leur fille de deux ans dormait à l'étage. Eux aussi avaient commencé une sieste. Elle était devenue banalement sexuelle. Sans doute à son initiative à lui. Sans doute. Il s'était levé pour chercher un préservatif dans la trousse de toilette. Au bon moment, sans manière, il s'était couvert, et ils avaient continué sans entrave. Joyeusement. Bénédicte avait vite compris que le préservatif s'était rompu. Ils avaient ri face à l'incident. Il n'y avait rien à faire d'autre. Cela ne leur était jamais arrivé, d'ailleurs ils pensaient que cela n'arrivait qu'aux adolescents ou aux acteurs de films pornographiques. Bénédicte s'était alors précipitée aux toilettes pour forcer hors d'elle l'écoulement du sperme. Ensuite ils avaient pris une douche ensemble, et pendant que l'eau glissait de l'un à l'autre, elle avait osé dire qu'elle espérait qu'elle ne serait pas enceinte. Ils avaient fait alors un rapide calcul de jours, en fonction de la date aléatoire de ses règles, et tout portait à croire qu'elle risquait en effet d'être enceinte.

Ils avaient continué de rire, comme lorsqu'on ne veut pas croire à ce qui est en train d'arriver, nerveusement, surtout elle. Lui avait choisi de la rassurer, après tout si elle tombait enceinte ce n'était pas un drame, ils voulaient un deuxième enfant, la rupture du préservatif était une bonne occasion. Il y avait un problème dans ce scénario,

Bénédicte devait commencer un nouveau travail au mois de novembre, elle ne pouvait pas y arriver enceinte, ce n'était vraiment pas une bonne idée, elle s'était mise à pleurer, affolée.

Guillaume riait, ne comprenant pas qu'elle s'inquiète : ce serait une bonne nouvelle, rien qu'une bonne nouvelle.

Ils s'étaient rhabillés, la lumière avait changé, mais il faisait doux dehors, il était temps d'aller se promener.

Ils avaient visité Nîmes, marché près du pont du Gard, dîné sur la place aux herbes. Ils avaient profité d'un air de vacances et des reflets de la belle lumière sur les pierres des maisons. Ils avaient passé un excellent week-end. De la douceur et de la joie.

Après la sieste et l'affaire du préservatif, Guillaume et Bénédicte n'avaient jamais reparlé de grossesse, de bébé, ni du nouveau travail de Bénédicte en novembre. Ils avaient évité tout cela, attendant que Bénédicte ait ses règles, comme seule limite à la réalité. De retour à Paris, leur vie n'avait pas changé, rien en apparence. Bénédicte ne pensait d'ailleurs à rien, aucune inquiétude précise, aucune angoisse accessible, il n'était pas possible qu'elle se retrouve enceinte, elle ne pouvait tout simplement pas être enceinte. Alors elle n'y pensait pas. Bénédicte ne parlait de rien, à personne, pas même à Guillaume, puisqu'elle ne pensait à rien. Elle avait des règles irrégulières, une complexité à laquelle elle s'était habituée depuis la naissance de son premier enfant, elle n'arrivait pas à anticiper la date de ses saignements, elle les attendait avec un paquet de tampons dans son sac, au cas où. Elle guettait le sang dans sa culotte, les douleurs de son ventre.

Dans leur entourage on les appelait tendrement la « petite famille », ils formaient un joli couple, Bénédicte et Guillaume étaient heureux. Ils trouvaient qu'ils avaient eu la chance de se choisir, de s'aimer sans hésiter, et tout le reste ressemblait à la vie qu'on veut faire quand on s'aime.

Il y eut une surprise. Le président Chirac avait décidé de dissoudre l'Assemblée nationale. Il n'était pas très populaire, il tremblait pour les législatives qui n'étaient que l'année suivante, alors il avait sorti la carte de la dissolution surprise. De Villepin l'avait orienté dans cette décision. Un jeu à deux, à plusieurs, juste un coup, pour finir par tomber dans un piège qu'il avait lui-même ouvert. Le 21 avril, Chirac était intervenu à la télévision.

J'ai acquis la conviction qu'il faut redonner la parole à notre peuple, afin qu'il se prononce clairement sur l'ampleur et le rythme des changements à conduire pendant les cinq prochaines années (...). Pour réussir, la France a besoin d'un nouvel élan. Cet élan ne peut être donné que par l'adhésion, clairement exprimée, du peuple français (...). Nous sommes à moins de mille jours de l'an 2000. Je veux que nous exprimions sans tarder notre volonté commune d'entrer dans le troisième millénaire avec confiance et avec enthousiasme.

Une manigance. De la politique de série télévisée. Mais voilà, les élections de fin mai et début juin avaient été perdues. La gauche avait décroché la majorité, et Jospin s'était retrouvé Premier ministre. Une nouvelle surprise. Une autre mise en scène.

L'été avait donc commencé par la cohabitation, les railleries contre les coups ratés de la présidence, contre les mauvais calculs, et la drôle de prison dans laquelle Jospin venait d'entrer.

En fait, l'été était arrivé très vite. Des semaines presque invisibles pour Bénédicte et Guillaume, juste bruyantes au-dehors. Ils avaient pris soin d'organiser leurs vacances entre la montagne et la mer. Ils devaient descendre d'abord à Serre-Chevalier où ils avaient loué un appartement dans un chalet sans charme, mais avec une très belle vue sur la montagne. C'était ce qui était promis sur l'annonce, ils avaient reçu par courrier plusieurs photographies de l'appartement, ils avaient décidé que cela leur conviendrait très bien. Il y avait deux chambres et un grand salon qui donnait sur un joli balcon. Bénédicte n'aimait pas tellement la montagne, mais elle voulait faire plaisir à Guillaume, il avait envie de marcher, d'emmener leur petite sur les sentiers. Elle avait eu envie de lui faire plaisir. Après la montagne, il avait promis qu'ils iraient à la mer, ils avaient alors trouvé une maison tout près de Saint-Raphaël, où ils rejoindraient des amis.

Pour descendre jusqu'à Serre-Chevalier, ils avaient fait une halte d'une nuit dans un hôtel de Gap, un bâtiment sans intérêt, au bord d'une route principale de la ville. Ils étaient arrivés trop tard pour dîner, et avaient dû se contenter de chips et de boissons sucrées, achetées dans le distributeur du hall. Un néon blafard éclairait à peine la machine calée dans un coin de la réception sinistre. Ils avaient hésité sur leur menu expéditif, et avaient finalement opté pour ce qui plairait aussi à la petite. Ils avaient heureusement dans un sac de voyage des gâteaux et un pack de lait, pour le biberon du soir. Ils avaient ri de s'être si mal débrouillés, d'avoir imaginé qu'ils trouveraient à manger dans Gap en arrivant vers vingt-trois heures. Bénédicte aurait eu envie d'une pizza, et Guillaume d'un bon steak avec des frites. Ils avaient ironisé sur Gap et la qualité de sa vie nocturne en ce début du mois de juillet. Ils avaient photographié la chambre, ils avaient même filmé pour se souvenir. Lui avait installé le lit pliant de la petite, pendant que Bénédicte l'avait préparée à se mettre au lit.

La route avait été suffisamment chargée, ils

étaient fatigués, ils voulaient se réveiller assez tôt le lendemain pour être à la montagne en fin de matinée, et retrouver comme prévu le propriétaire de l'appartement sur les lieux.

La petite, Émilie, était debout dans son lit. Elle se tenait les mains au rebord de tissu, sa tête dépassait à peine. Elle regardait ses parents dont le lit était à un mètre devant elle. Ils étaient presque dans le même lit. La chambre était affreuse, le papier peint était en fait une tapisserie rase, jaunâtre, usée, la moquette vaguement grise portait en plusieurs endroits des taches informes et récalcitrantes. La salle de bains ne valait pas mieux, les joints du lavabo, et tout autour du bac à douche, se décollaient du carrelage dont les bords étaient encrassés de traces noires, épaissies par endroits. Et puis surtout, on entendait les voitures qui démarraient bruyamment au feu devant l'hôtel. Bénédicte avait envisagé de changer de chambre, mais Guillaume l'en avait dissuadée, facilement, il était certain que tout l'hôtel était dans le même état, il ne se voyait pas chercher un autre hôtel, il suffisait de dormir et de ne pas trop regarder autour de soi. Ils allaient s'accommoder de l'endroit, c'était juste pour se reposer de la route, ils avaient ri ensemble de l'état de leur chambre. Guillaume avait décidé d'éteindre rapidement le plafonnier pour que tout le monde dorme.

Mais à l'instant où la lumière avait été éteinte, la petite s'était mise à pleurer, d'abord pas trop fort, puis n'obtenant que des phrases rassurantes prononcées alternativement par sa mère et son père, elle s'était mise à hurler. Il avait fallu rallumer la lumière, sans s'énerver, se rapprocher du lit, et lui répéter que c'était l'heure de dormir, qu'il n'y avait rien d'autre à faire, que ses parents étaient juste là, et qu'elle devait maintenant s'allonger, prendre sa poupée de chiffon toute douce, la caler sous son visage, lui faire autant de caresses qu'elle voulait, et surtout arrêter de pleurer. Cela n'avait servi à rien. Elle s'était remise à crier. Les parents avaient décidé de l'ignorer, d'éteindre la lumière, pour qu'elle comprenne qu'elle n'avait aucune alternative.

Ils avaient attendu dans le noir, chuchotant sous les cris de la petite qui ne renonçait pas. Ils s'étaient demandé ce qui se passait et comment y remédier. Ils ne comprenaient pas, elle dormait facilement d'habitude, c'était peut-être des dents qui lui faisaient mal en poussant, ou une gêne abdominale, ou l'envie de dormir avec eux, ou encore la chambre qui ne lui plaisait pas. Ils avaient essayé de la laisser crier, mais ils avaient rapidement compris que ça n'allait pas s'arrêter. Pris d'impatience, de fatigue, et conscients du rapport de force perdu d'avance, Guillaume avait essayé de la bercer dans ses bras, de lui chanter une berceuse, mais dès qu'il l'avait recouchée, convaincu qu'il avait fait exactement ce qu'il fallait, la petite avait repris de la voix, comme si elle s'était renforcée au contact de ses bras.

Ils avaient décidé de lui masser les gencives avec une brosse à dents, doucement, pour apaiser la douleur supposée. Mais même une rage de dents d'enfant de moins de deux ans ne cessait pas une fois que la lumière était rallumée. Assise sur les genoux de son père, lui-même installé sur le couvercle refermé des toilettes, dans la salle de bains sans fenêtre, la petite s'était laissée brosser les dents avec une jubilation qui faisait offense à l'épuisement des parents, qui eux ne rêvaient que d'une chose, pouvoir dormir. La petite était joyeuse, riante, et dès qu'elle était ramenée à son lit, elle se remettait à hurler. Pour obtenir le silence, on prépara un biberon, on la prit dans le lit pour lui donner des odeurs parentales. Mais elle ne désamorça pas son souffle et ses pleurs. Tant et si bien que vers deux heures du matin, à bout de force, et après le coup de téléphone du réceptionniste qui avait reçu des plaintes des voisins du couloir, ils décidèrent de quitter l'hôtel. Dès que la décision fut prise, la petite s'arrêta de pleurer, elle les avait regardés ranger les bagages, replier son lit, ne pouvant pas ignorer qu'ils mêlaient leurs rires fatigués, leur énervement non dissimulé, à leurs gestes rapides pour vider les lieux.

Une fois installée dans la voiture, à la seconde où elle s'était mise à rouler, la petite s'écroula de sommeil. Sans explication, sans que personne n'ait compris quoi que ce soit, sans qu'aucune hypothèse ne se soit imposée.

Ils décidèrent de ne pas chercher une autre chambre d'hôtel, de reprendre l'autoroute déserte à cette heure et de se rendre directement à Serre-Chevalier. Guillaume assura qu'il n'était pas suffisamment fatigué pour avoir peur de conduire de nuit, promettant qu'il allait faire attention, et que si Bénédicte lui tenait compagnie en lui parlant, cela l'aiderait à tenir. Elle avait accepté la mission, lui commentant la route, lui racontant des blagues qu'elle avait entendues en salle de gardes, des souvenirs de leur rencontre, elle adorait lui raconter leur rencontre, en tout cas ce qui comptait à cet instant était qu'il ne s'endorme pas, pas même une seconde, Bénédicte puisait dans ses réserves pour ne pas s'endormir non plus. Elle avait faim et pensait que de grignoter des gâteaux leur ferait du bien. La petite à l'arrière était immobile, profondément endormie, totalement apaisée, ayant englouti dans son sommeil le mystère de sa crise.

Ils avaient roulé sans encombre, au lever du jour ils avaient décidé de s'immobiliser en bord de route, à l'entrée de Serre-Chevalier, il était bien trop tôt pour aller à la rencontre du propriétaire, ils avaient choisi à leur tour de dormir un peu dans la voiture, tant que la petite dormait encore, la tête toujours aussi lourde sur l'appui-tête de son siège enfant.

Après une petite heure de sieste, ils entrèrent dans Serre-Chevalier, prirent un café dans une station-essence, la petite s'était réveillée de très bonne humeur.

L'appartement était précisément comme sur les photographies, confortable, sans charme, mais bien organisé, et surtout pour Guillaume, il y avait une vue remarquable. Bénédicte était soulagée d'être installée. Ils riaient encore à propos de la nuit de voyage, et n'avaient pas hésité à raconter leurs péripéties aux grands-parents qu'ils avaient appelés pour les prévenir qu'ils étaient bien arrivés, non sans aventure.

Les vacances à la montagne avaient pris la forme attendue, beaucoup de repos, et un peu de marche sur des sentiers ensoleillés qui n'émouvaient pas Bénédicte, mais qui réjouissaient Guillaume.

Bénédicte était épuisée, elle se couchait tous les après-midi, pour trois heures de sieste quotidienne, elle se sentait tellement lasse, certains jours elle pouvait dormir plus longtemps que sa fille de deux ans.

La petite famille avait reçu la visite des parents, beaux-parents, beau-frère, chacun à tour de rôle était venu passer deux, trois jours en leur compagnie, pour voir la petite et la montagne. Les invités dormaient sur le canapé-lit du salon. Dans ces moments partagés, les promenades se faisaient plus faciles, et les repas plus longs. Rien que de très banal pour des vacances en famille. Émilie marchait depuis quelques mois et s'amusait beaucoup à essayer de tenir en équilibre lorsque toute la troupe descendait la route jusqu'à la boucherie du village. Bénédicte y achetait presque tous les jours de la viande des Grisons. Elle aimait cela depuis qu'elle était enfant, elle se souvenait de sa mère qui souvent lui en achetait, des fines tranches qu'elle avalait comme un sachet de bonbons, qui semblaient fondre dans sa bouche. À l'époque, elle ne savait pas que cela coûtait cher, elle ne se doutait pas que sa mère n'en achetait que pour elle, rien que pour lui faire plaisir. Alors qu'elle était devenue adulte et mère à son tour, Bénédicte avait gardé pour la viande des Grisons une tendresse particulière, elle se permettait d'en acheter sans hésitation, sans retenue. Le boucher de Serre-Chevalier, au premier carrefour, en bas du chalet, avait à son étalage de la viande des Grisons qui était délicieuse. C'était si simple.

Il faisait beau, la montagne était un peu triste, mais Bénédicte se trouvait heureuse.

Un soir au moment de dormir, Guillaume avait voulu qu'ils fassent l'amour, Bénédicte ne savait pas pourquoi mais ce soir-là, elle avait eu peur. Ils avaient pourtant refait l'amour depuis l'incident du mois d'avril, et chaque fois le préservatif s'était bien comporté, ils n'avaient d'ailleurs jamais reparlé de la grossesse redoutée. Mais ce soir-là, à Serre-Chevalier, elle n'avait pas voulu, elle avait eu peur que le préservatif leur fasse à nouveau défaut, elle avait dit à haute voix son inquiétude, un peu gênée, et Guillaume avait ri, plutôt ricané, il ne fallait quand même pas exagérer, ils avaient déjà réessayé, il n'y avait pas eu de problème, il n'allait quand même pas mettre trois préservatifs pour la rassurer... elle pouvait facilement visualiser ce que cela allait lui faire s'il mettait deux ou trois préservatifs, non vraiment ce n'était pas sérieux, et puis quoi encore… Elle n'avait pas parlé de deux préservatifs, ni de trois, ni de rien, il avait eu tout seul cette idée saugrenue et crue, elle ne lui avait rien demandé d'aussi idiot. Après la sortie brusque de Guillaume, Bénédicte était restée immobile, elle n'avait pas supporté son ironie, elle avait brutalement eu mal au ventre et envie de pleurer, elle n'avait pas bougé, elle s'était retournée pour essayer dormir, Guillaume l'avait laissée s'éloigner. Mais Bénédicte n'avait pas dormi de la nuit. Elle avait continué d'entendre crisser le rire de son mari.

Leur chambre étroite donnait sur un parking dans une sorte d'encaissement, un long rectangle de goudron coincé entre plusieurs chalets volumineux, qui se distribuaient le long de la route principale. La montagne était de l'autre côté, face au salon et à la chambre où dormait leur fille. Bénédicte pensait que la vue devait être bien plus belle sous la neige, et que la montagne nue avait comme un air permanent de désolation, qui ne suscitait rien de bon en elle. Chaque matin elle regardait les cimes, le vert, le bleu pâle du ciel filandreux. Elle n'était vraiment pas intéressée par ce paysage, elle voulait faire un effort, mais cela ne donnait rien, sauf peut-être quand ils étaient tous les trois sur un sentier, et qu'elle voyait toute la joie de Guillaume. Lui savait bien qu'elle attendait impatiemment qu'ils aillent à la mer, mais le plaisir de Guillaume rendait l'attente facile, et les journées passaient très vite, surtout à cause des longues siestes qui grignotaient les journées sans que Bénédicte puisse y résister.

Un midi, en plein soleil, sur une terrasse de restaurant d'altitude, la petite déambulait instable sur le plancher de la terrasse. Le bois n'était pas lisse, et laissait affleurer des pointes de bois, fines et aiguës, elles attendaient que des mains d'enfant s'y frottent. Bénédicte n'aimait pas voir sa fille essayer de courir, elle avait peur de la chute, et des blessures que provoquerait la pénétration de bois sur la peau fine de ses mains offertes. Bénédicte essayait de la garder assise, ou de suivre chacun de ses pas, l'obligeant à tenir sa main fermement. Elles faisaient côte à côte des allées et venues sur la grande terrasse en plein soleil, face au spectacle d'une montagne estivale, offrant un ciel découpé par des pentes abruptes mêlées de gris et de vert, dans une lumière adoucie. Une dispute avait éclaté, Guillaume était agacé de voir Bénédicte s'inquiéter de tout, elle le tannait pour qu'il reste lui avec sa fille, qu'il la prenne dans ses bras pour éviter la chute, et toutes formes de catastrophes. Il avait un peu élevé la voix, irrité par tant d'exagération.

Bénédicte avait alors décidé de s'asseoir, de renoncer à sa surveillance, prévenant Guillaume qu'elle arrêtait de suivre la petite, et que s'il arrivait quelque chose, il ne pourrait s'en prendre qu'à lui-même.

Comme dans une scène déjà vécue, la fillette avait chuté les deux bras tendus vers le sol, pour amortir sa chute, par réflexe, avec ses mains ouvertes, offertes aux aspérités de bois.

Ce furent les cris, les larmes, et la découverte que les mains étaient couvertes d'échardes, des dizaines sur chaque paume. Guillaume avait porté la petite jusqu'à la table où Bénédicte s'était assise en attendant la catastrophe imaginée.

Il avait fallu revenir rapidement au chalet, pour essayer de désinfecter les mains, et retirer les échardes qui provoquaient des larmes et des cris. Pendant que Guillaume tenait l'enfant, ses bras surtout, Bénédicte avait essayé de retirer les épines, une à une, avec une pince à épiler. Cela n'avait pas suffi. Ils avaient trouvé une aiguille dans la trousse de toilette où ils avaient conservé une pochette à couture, Bénédicte avait chauffé le bout pointu de l'aiguille et tenter de soulever chaque écharde pour libérer la peau qui saignait en de multiples endroits. Pendant tout ce temps, la petite poussait des hurlements assourdissants à chaque fois que l'aiguille s'approchait.

La scène s'était étirée en longueur, ils n'y arrivaient pas, cela devenait fou, il valait mieux laisser les échardes là où elles s'étaient nichées, et que la peau se débrouille, les recouvre, les digère comme sait le faire une peau blessée superficiellement par une écharde.

Guillaume et Bénédicte s'étaient disputés à nouveau, et face à ses parents qui criaient, la petite avait oublié ses mains blessées.

Les jours restant, ils avaient surveillé les mains de la petite, les caressant doucement pour s'assurer que tout était bien cicatrisé. Ils n'en avaient pas reparlé.

Au bout de sept jours, ils avaient refait les valises, Bénédicte ne se sentait pas reposée, elle avait envie de voir la mer, de trouver de la chaleur, du vent salé, et de s'asseoir sur le sable pour regarder les couchers de soleil rougeoyants.

La route avait été très agréable, et en s'approchant de la baie, la chaleur les avait accueillis. La maison était posée sur une plage privée, une excroissance de terre, coincée entre les montagnes rouges de l'Estérel et la mer magnifique bordée de pins et de sable.

Ils avaient retrouvé leurs amis qui étaient installés depuis une semaine, la maison était déjà en désordre, sauf la chambre qu'ils avaient consciencieusement gardée pour eux. La petite allait dormir en compagnie des autres enfants, plus âgés qu'elle, qui étaient très volontaires pour jouer à la poupée.

Guillaume et Bénédicte avaient pris un peu de temps pour vider la voiture, ranger leurs affaires, en les attendant leurs amis avaient préparé le dîner pour tout le monde.

Le rythme au bord de l'eau n'était que douceur. Ils vivaient calés sur le soleil, les siestes de chacun, les courses partagées, les contraintes de repas et de vaisselles qui n'étaient pas des contraintes. Le soir, ils traînaient sur leur plage avant de dormir. La petite n'était jamais seule, profitant de tout, et tout le monde.

Les menus étaient assez répétitifs, des salades, de la charcuterie, du vin rosé, des fruits de saison par caisse entière. C'était un peu tous les jours la même chose, du poulet, des viandes grillées encore bien saignantes. Bénédicte aimait beaucoup la viande saignante, la petite aussi, elles étaient comme des animaux, prêtes à dévorer des morceaux de viande presque crue. On s'amusait autour d'elles de les voir se pâmer ainsi devant de la viande rouge.

Ils étaient bien tous ensemble. La petite était resplendissante, elle aimait l'eau, Guillaume et Bénédicte formaient un joli couple avec une jolie petite fille, des amis charmants, dans une maison sans défaut, pour des congés mérités.

Ils avaient été en vacances au mois de juillet, jusqu'à la mi-août. Des plaisirs de vacances, et cette fatigue qui ne lâchait pas Bénédicte. Elle était une jeune interne de médecine. Elle terminait à peine son cursus et s'apprêtait à prendre des fonctions hospitalières honorables au mois de novembre. Lui était dans la même entreprise depuis des années, certain qu'il y ferait toute sa carrière. Ils étaient très amoureux. C'était certain.

Quand ils étaient revenus de vacances, la petite était partie avec ses grands-parents pour quelques jours. Bénédicte et Guillaume étaient alors parisiens, détendus, malgré le retour au travail. Les jours passaient, lentement, doucement.

Bénédicte n'avait toujours pas eu ses règles, brutalement elle avait trouvé cela très suspect.

Elle n'avait jusque-là pas pensé une seule seconde qu'elle pouvait être enceinte. Elle ne sentait aucun signe de grossesse, pas de nausée, pas de seins gonflés, pas de quoi soupçonner une grossesse. Personne ne pourrait croire qu'elle n'y avait pas pensé. Une fois que la question s'était imposée à elle, irrésistible, elle devait vérifier. Sans en parler à Guillaume, elle s'était rendue à la pharmacie de la rue des Lilas, elle y avait acheté un test urinaire. Comme une adolescente, pas comme une jeune femme déjà mère d'une petite fille. Elle était rentrée dans leur petit appartement sur cour, au troisième étage d'un joli immeuble du XVIIIe siècle. Elle était allée aux toilettes et elle était restée assise en regardant le petit stylo qui exhibait une tache bleue. La fameuse petite tache qui devait se mettre à foncer si Bénédicte était enceinte.

La tache était devenue très bleue. Toute bleue.

Vers le 25 août, Bénédicte avait donc découvert qu'elle était enceinte, elle ne savait plus si c'était le 25 exactement ou la veille, c'était un peu flou. À son retour du travail, le soir, elle avait annoncé la nouvelle à Guillaume. Il avait poussé un cri, puis était venu la serrer dans ses bras. Il était authentiquement rempli de joie.

Bénédicte ne se sentait pas très bien, une pesanteur dans ce qui était une joie pour Guillaume.

Comment est-ce qu'elle ne s'en était pas rendu compte plus tôt ? Comment était-ce possible ? Elle était médecin en plus ? Où avait-elle la tête ? Pourquoi est-ce qu'elle ne lui avait pas dit qu'elle n'avait pas ses règles ?

Une liste de questions qu'elle n'avait pas suffisamment identifiées. Elle avait été aveugle. Elle avait déjà entendu parler de déni de grossesse, pendant ses études de médecine au moins, et parfois dans les faits divers. Il existait des femmes restées longtemps aveugles sur leur ventre. Finalement, elle avait fait elle aussi comme un déni de grossesse. Elle ne trouvait pas d'autres explications. Quelques semaines sans savoir, sans y penser, sans l'envisager, quelques semaines avec rien dans son ventre, c'était inconcevable, aucune nausée, aucune hypothèse pour la fatigue qui ne l'avait pas quittée, et sa tête qui était restée vide. C'était incompréhensible.

Le lendemain, elle avait téléphoné à sa gynécologue (docteur Flévine). Elle avait ri. Gentiment. Alors comme ça elle ne s'était pas aperçue qu'elle était enceinte, et de beaucoup plus que trois mois a priori, quand même, c'était à peine croyable. D'ailleurs elle n'y croyait pas, elle était en fait une jeune médecin dans la lune.

Elle lui avait proposé un rendez-vous dans la journée. Bénédicte s'y était rendue avec une sensation étrange, elle ne savait pas encore si elle pouvait se réjouir. Guillaume lui se réjouissait, sans retenue. Mais il n'était pas venu au rendez-vous, pas de raison, pour quoi faire ? Bénédicte lui raconterait, il n'y avait rien à voir de particulier, il irait aux échographies. Chez la gynécologue, il ne verrait rien, alors ce n'était pas la peine.

Dans le bureau de la doctoresse, Bénédicte s'était déshabillée, un peu gênée. En quelques pas, elle avait rejoint la table d'examen, écarté ses jambes en plaçant ses pieds dans les étriers. La respiration à peine audible, elle ne bougeait pas, ne respirait plus.

Votre col est bien fermé, on va écouter si on trouve le cœur. Vos seins sont gonflés, vous ne trouvez pas ?

Bénédicte ne disait toujours rien, elle guettait le bruit magique du cœur. Trouvé, localisé, bien là. C'était bien ça.

Il y a un bébé là, juste là, vous entendez ? !

Il y avait eu un processus psychologique, un état difficile à décrire où le corps n'avait pas entendu ce qui se passait en lui. Mais voilà qu'à la seconde où la gynécologue lui confirmait d'une voix ferme et chaleureuse qu'elle était enceinte, Bénédicte ouvrait ses yeux sur ce qui venait de se passer en elle pendant des semaines. Jusque-là elle n'avait pas vu, pas senti, pas reconnu les signes de la grossesse, et pourtant au fond, elle savait très bien, elle avait pleinement su, senti, sans rien pouvoir reconnaître. Elle avait su, dans l'ignorance qu'une partie d'elle avait cherché à lui ordonner. Elle s'était soumise à l'ignorance imposée, elle avait obéi à la partie d'elle qui ne voulait pas d'enfant. Parce qu'une partie d'elle n'avait pas voulu d'enfant, mais pas du tout, pas maintenant, pas d'enfant, et c'était tout son corps qui avait fait en sorte de ne pas voir, de ne pas sentir.

Une partie d'elle avait pris le dessus, puissante, et soumis le fœtus à un silence inconcevable. Bénédicte en était là, enceinte pour de vrai. Il était temps de reprendre le fil de cette grossesse, au début. Il fallait recommencer. Oublier le fond déchiré du préservatif, redonner à cette grossesse sa place respectable.

Plusieurs examens étaient à organiser, il fallait se dépêcher un peu pour faire la déclaration de grossesse, Bénédicte avait raté la date officielle, maintenant les priorités c'était de déclarer la grossesse, de faire les prises de sang d'usage, et une échographie, celle du tout début, même si c'était décalé, il fallait légalement essayer de dater la grossesse.

Mais si on considérait les simples faits, Bénédicte connaissait précisément la date de conception.

En tout cas, vous êtes bel et bien enceinte. Vous êtes contente ?

Bien sûr, sûrement, sans aucun doute, sans hésitation.

Elle était très contente et pas du tout inquiète,

c'était seulement de la joie, une femme enceinte devait se réjouir de l'être, et dans son milieu on savait avoir des enfants, on ne s'inquiétait pas pour une grossesse qu'on n'avait pas vue, on ne sentait pas de trouble devant un bébé de fond de préservatif fendu. Non bien sûr, elle n'avait que de la joie, les peurs étaient à la poubelle, le pressentiment que quelque chose n'allait pas, mais alors pas du tout, toutes ces angoisses qui flottaient, ce n'était rien, vraiment rien. Tout allait bien.

De quoi aurait-elle eu l'air à dire autre chose ? Elle devait être contente, son mari l'était, ils voulaient, c'était certain, un deuxième enfant, mais Bénédicte ne le voulait pas, pas maintenant, pas comme ça. Elle n'avait même pas vu qu'il était déjà là.

C'était peut-être ça une mère indigne.

Pour sa première grossesse, Bénédicte avait choisi sur recommandations d'une de ses amies médecin une gynécologue réputée, spécialiste des grossesses pathologiques, celles qui ne pouvaient pas se passer d'un encadrement médical. À l'époque, Bénédicte avait considéré qu'un dispositif hospitalier très performant la rassurerait si jamais sa grossesse devenait pathologique. Ainsi, pour Émilie, Bénédicte était allée chaque mois au rez-de-chaussée du service renommé, partageant la salle d'attente avec des tas de mères à problèmes. Guillaume n'avait pas eu d'avis concernant le choix du médecin et de la maternité, il avait fait confiance à sa femme, presque médecin, pour choisir le bon endroit.

La grossesse s'était bien passée, mis à part un peu d'hypertension, qui avait nécessité du repos, et une prise importante de poids contre laquelle

Bénédicte avait renoncé de batailler. Elle n'était pas immunisée contre la toxoplasmose, et avait dû faire attention à la viande, et aux légumes crus, le tout ayant été banni de ses menus.

La gynécologue était une femme mince, sportive et passionnée de marche dans le désert. Les murs de son bureau étaient couverts de photographies réussies de paysage de dunes de sable, balayées d'un vent de poussière, ou soulignant des courbes sous un coucher de soleil poétique. Les consultations étaient très ritualisées et les vérifications accomplies sans états d'âme. Une grossesse bien suivie, qui se termina par un accouchement normal.

Au moment de la découverte de la seconde grossesse, Bénédicte avait immédiatement pensé qu'elle ne voudrait pas d'un suivi hypermédicalisé, qu'elle préférait aller en ville, plutôt qu'à l'hôpital, aussi longtemps que c'était possible. Elle ne voulait plus de cette gynécologue qui ne voyait que des futures mamans à problèmes, et des grossesses horribles. Guillaume n'avait rien objecté, de toute façon lui n'allait jamais aux rendez-vous, il n'avait assisté qu'aux échographies, en tout cas à la plus importante, la deuxième, celle qui vérifiait s'il n'y avait pas de malformations, et découvrait le sexe de l'enfant.

Pour le reste, il laissait Bénédicte choisir et décider, elle était plus concernée que lui, il fallait qu'elle se sente à l'aise, parce qu'elle devait avoir confiance.

Bénédicte avait revu sa première gynécologue un peu en catastrophe, mais après l'agitation immédiate liée à la découverte tardive de la grossesse, elle n'irait plus la voir, elle lui avait même expliqué ses a priori, sa superstition. En fait, elle avait l'impression que si elle décidait d'être suivie par elle, c'était comme si elle prenait le risque que sa grossesse ne soit pas normale, comme si la spécialité de la gynécologue, les « grossesses pathologiques », allait influencer négativement le déroulement même de ce qui se passait dans le ventre de Bénédicte. La gynécologue avait souri de cette idée incongrue et assez immature. Il n'y avait pas de problème, Bénédicte pouvait aller voir qui elle souhaitait, elle devait choisir ce qui lui convenait au mieux.

Ce n'était pas compliqué une grossesse. Elle avait déjà eu sa petite avant, et tout s'était bien passé, alors elle allait chercher une bonne gynécologue de ville.

Elle avait demandé autour d'elle, on lui avait parlé d'une femme très bien qui partageait son temps entre l'hôpital et son cabinet privé, quelque part près d'une caserne de pompiers du sud de Paris. Bénédicte avait même réussi à obtenir un rendez-vous très rapidement. Elle avait eu le temps de faire les prises de sang, mais n'avait pas encore les résultats, et n'avait toujours pas fait d'échographie.

Le jour du rendez-vous, elle était seule et très en avance. Elle avait marché sur le trottoir face à la caserne de pompiers, elle les avait observés longuement nettoyer leur matériel, pousser des cris pour se parler, et couvrir le ronflement des moteurs allumés des camions immobiles.

Bénédicte s'était laissé prendre par le rouge des camions de pompiers, le pouvoir attractif de ce rouge pour enfants, c'était plaisant à regarder, tous ces hommes affairés bruyamment, leur danse un peu brusque dans le vaste hangar ouvert aux quatre vents. Elle avait quand même surveillé sa montre plusieurs fois pour être parfaitement à l'heure.

Dans la salle d'attente, il n'y avait qu'elle. La gynécologue ne l'avait pas fait attendre, le bureau en désordre avait une grande fenêtre qui donnait justement sur la caserne. La doctoresse avenante posait des questions sans agressivité, ni ironie. Maintenant il y avait des vitamines à prendre, et surtout faire l'échographie. Bénédicte n'avait besoin d'aucune échographie pour connaître son calendrier, le préservatif rompu avait une date, une localisation, une minute précise, dans une chambre sur une place de village, au cours d'une sieste restée très nette dans ses souvenirs, elle n'avait aucune hésitation, c'était simple de situer la date de l'accouchement sur un calendrier.

Elle n'avait rien dit, elle avait fait comme si elle ne savait pas au juste, ni la date de conception ni la date des dernières règles. Pour les règles, elle ne mentait pas, elle ne savait plus, elles étaient trop irrégulières. Mais pour le préservatif, Bénédicte n'avait rien dit. Elle était enceinte de quatre mois.

La gynécologue l'avait examinée, pesée puis elle avait rédigé les ordonnances pour les vitamines indispensables et l'échographie à réaliser au plus vite.

Bénédicte voulait savoir comment allait se passer le suivi de la grossesse, puisque la gynécologue travaillait aussi à la maternité, est-ce qu'elle pourrait s'occuper de son accouchement ? Non, ce n'était pas la procédure, elle s'occupait du suivi, et les accouchements étaient faits par les sages-femmes, et le médecin de garde si besoin. Mais si Bénédicte y tenait, elle pourrait voir pour éventuellement s'organiser, elle faisait des exceptions parfois pour les collègues médecins.

Elles n'avaient pas évoqué les longues semaines où la grossesse était passée inaperçue, Bénédicte n'avait pas eu à se justifier. En sortant, il faisait jour encore, la caserne était calme, il n'y avait plus aucun pompier visible. Bénédicte pensait à Guillaume, elle lui dirait qu'elle aimait bien cette gynécologue, qu'elle était contente de l'avoir trouvée.

En 1997, il n'y avait pas encore de téléphone mobile, presque pas, en tout cas Bénédicte n'en avait pas, elle n'avait que les cabines téléphoniques pour essayer de joindre quelqu'un. En sortant de chez la gynécologue, elle n'avait pas cherché à téléphoner, elle avait eu envie d'attendre d'être à la maison pour raconter que tout allait enfin commencer, ou plutôt que cette fois, elle espérait qu'elle était entrée dans cette grossesse, qu'elle avait trouvé son signal de départ, elle ne savait pas pour quoi au juste, c'était comme un début décalé, mais cela pouvait peut-être commencer.

La même scène ne pourrait pas se reproduire, avec un téléphone greffé à sa main, au fond d'une poche de sac, elle chercherait sûrement à pouvoir parler à quelqu'un, le mari, l'amie, la mère, le frère, elle aurait trouvé quelqu'un si elle en avait eu envie. Immédiatement, dans l'instant, sur n'importe quel trottoir, en sortant de chacun de ses rendez-vous. Même dans les salles d'attente. Elle n'aurait pas eu de solitude, pas comme ça, elle n'aurait pas eu ce goût si particulier de la salive un peu épaissie et métallique dans la bouche, la même saveur en sortant du laboratoire d'analyses, de chez l'échographiste, ou de cette nouvelle gynécologue, voisine d'une caserne de pompiers.

Elle avait trouvé un rendez-vous dans une clinique pour une échographie. Dans le même arrondissement que la caserne de pompiers, un signe du destin.

Guillaume ne voulait pas l'accompagner, pour voir un têtard sur un écran, il ne voulait pas, il viendrait pour celle d'après, celle qui dirait si c'était un garçon ou une fille, d'ailleurs ce serait bientôt si on comptait correctement ; il y aurait deux échographies rapprochées, il irait c'est certain à celle d'après. Bénédicte n'était pas étonnée, ni contrariée d'ailleurs.

Dans un immeuble ancien réhabilité en clinique, au deuxième étage sur une cour fleurie, tout au fond d'un couloir, un échographiste dégarni l'avait reçue, un peu amusé par ce retard pour dater la grossesse. Il avait fait des commentaires graveleux qu'elle avait fait mine de ne pas comprendre, attendant qu'il lui dise plutôt ce qu'il voyait pour le bébé.

Sur le fond noir, impossible à décoder seule, elle avait vu une silhouette qui ressemblait déjà nettement à une forme humaine. Intensément humaine. Un écran était resté orienté vers elle. Elle avait remarqué que l'échographiste avait cherché avec application un angle approprié entre la sonde, la paroi souple de son ventre, et le fœtus en mouvement. Les zones noires, dont elle savait qu'elles étaient liquides, étaient apparues comme des trous inquiétants. Les nuances de gris des tissus comme le négatif d'une photographie noir et blanc. Les os, en blanc, avaient donné au fœtus un aspect de poisson exotique, le mélange de son corps un peu transparent et de ses contours humains. Elle ne l'avait pas vu en entier, seulement de petites parcelles dégradées du blanc au gris, indéchiffrables. En tout cas, elle avait vu le fœtus. Elle avait vu qu'elle était bien enceinte. Il y avait un bébé. Il était normal, et elle était la pire des idiotes, honteuse, et ridicule.

L'échographiste avait alors eu une phrase improbable.

Un vrai cycliste, un bébé qui sera magnifique. Tout va très bien.

Bénédicte avait trouvé que c'était idiot, presque inquiétant. Elle pourrait le raconter à Guillaume. Le bébé, un vrai cycliste.

Avec les clichés dans un sac plastique aux couleurs de la clinique, elle était rentrée à pied jusque chez elle. Elle ne pensait pas à l'arrivée de la petite en début de soirée, après tous ces jours de vacances avec les grands-parents, elle ne pensait pas à son travail où elle n'avait confié à personne qu'elle était enceinte, et qu'elle ne pourrait pas prendre ses nouvelles fonctions au mois de novembre, en tout cas pas comme prévu. Elle ne pensait qu'à ce cycliste dans son ventre.

Elle avait fait sa prise de sang dans un laboratoire près de la maison, des sérologies, la toxoplasmose, et le cytomégalovirus, une formalité.

Guillaume et Bénédicte avaient décidé d'annoncer à la famille qu'elle était enceinte, maintenant que les trois mois étaient bien passés, on pouvait partager la nouvelle, il n'y avait pas de nécessité à raconter leurs péripéties, le délai, l'aveuglement, rien de tout ça ne regardait qui que ce soit. Guillaume avait promis qu'il ne dirait rien à personne. Alors ce furent les appels pour dire la grande nouvelle, voilà, la petite allait avoir un frère ou une sœur, bon ça n'allait pas être facile pour le nouveau travail au début de novembre, mais Bénédicte allait se débrouiller, elle trouverait une solution, oui bien sûr Guillaume était très content.

Comme tout le monde. Voilà. Tout le monde.

Bénédicte n'avait pas été totalement convaincue par la joie de l'annonce. Elle n'avait rien dit, elle ne pouvait rien expliquer. Tout avait commencé par un préservatif fendu, puis des semaines de fatigue, une grossesse pas vue, et maintenant un cycliste. Elle n'aimait pas ce déroulement, elle s'en voulait d'avoir ignoré, d'avoir cru possible qu'elle pouvait décider seule de la réalité. Elle ne pouvait rien dire à personne. Pas même à Guillaume qui ne modifiait pas sa posture depuis la sieste : une grossesse, rien qu'une bonne nouvelle.

Dans l'appartement de la rue des Marronniers, dans soixante et un mètres carrés, il y avait trois chambres, une sur la cour et les toits, la chambre des parents, deux sur la rue pavée qui était en pente, peu passante. Émilie était dans la chambre vert pomme, au parquet clair, il restait donc une chambre possible pour le bébé, la pièce qui jusque-là servait de bureau, avec une grande bibliothèque, ses murs bleus, et son parquet sombre. Évidemment ce n'était pas très grand pour être une famille de quatre, mais ce serait provisoire, ils déménageraient, ils pouvaient commencer rue des Marronniers, et puis ils verraient plus tard.

Les choses étaient allées plus vite que prévu, ce n'était pas impossible de rester là, ils n'étaient pas non plus dans un studio, et surtout ils aimaient beaucoup cet appartement, leur premier achat, ils avaient choisi le quartier, l'immeuble, ils avaient tout choisi sauf la couleur des murs. L'ancien propriétaire avait totalement repeint l'appartement avant de le vendre, les couleurs n'étaient pas très réussies, mais Guillaume avait dit qu'ils pouvaient supporter cette contrainte. Ils avaient seulement décidé de refaire la cuisine, une toute petite cuisine sans fenêtre. Ils avaient choisi le carrelage dans une boutique près de la Seine, spécialisée dans la fabrication artisanale de carreaux de lave, de toutes les couleurs, brillantes, lisses et joyeuses. Pour leur cuisine sans fenêtre, ils avaient pensé que plein de couleurs leur feraient oublier l'absence de lumière et de soleil. Plein de couleurs.

Dans l'entrée de l'appartement, il y avait de belles poutres, et dans un angle, un poêle prussien en parfait état, il servait d'espace de rangement pour leur vaisselle. La table de salle à manger, offerte par la grand-mère pour leur mariage, était à gauche de l'entrée. Un plateau épais de merisier sur des pieds modernes en acier, un mélange entre le froid de l'acier, et la belle couleur orangée du plateau de bois à peine verni. Ils avaient acheté, également au moment de leur mariage, un canapé de velours rouge, avec des liserés jaunes, canapé très profond, suffisamment pour s'y allonger, à deux même, avec de grands coussins confortables.

Il trônait au milieu de la pièce principale, face aux deux belles fenêtres, tout en hauteur, qui donnaient sur un petit immeuble comme le leur, juste de l'autre côté de la rue pavée. Installé dans le canapé, on ne voyait que le ciel du côté de l'entrée, et le joli immeuble au crépi crème, côté rue. Guillaume et Bénédicte aimaient se mettre ensemble, se prendre dans les bras, avec la petite aussi, il y avait assez de place pour s'y vautrer à trois.

Un après-midi, de retour de son stage plus tôt que d'habitude, Bénédicte était allée chercher la petite à la crèche, elle avait chantonné sur le trajet, une rengaine inventée pour amuser la petite, une histoire de gentille baleine et d'enfant qui nageaient ensemble dans une mer scintillante, comme dans un rêve. Elle avait fredonné sur tout le chemin, en redescendant jusqu'à la maison, dans les rues calmes de la fin d'été. En arrivant, elle avait trouvé un message sur le répondeur, le laboratoire d'analyses avait des résultats à lui communiquer, il fallait rappeler avant la fermeture. Bénédicte avait alors installé la petite dans sa chambre, pour qu'elle joue seule un instant, en vérifiant que rien de dangereux ne traînait à portée de main. Elle lui avait laissé une boîte de gâteaux, elle pouvait grignoter, et peu importaient les morceaux mâchonnés qui termineraient sûrement sur le sol.

Une voix de femme avait répondu à Bénédicte. Des raclements de gorge pour commencer et un ton très sérieux.

Écoutez madame, il va falloir vérifier mais visiblement vous avez attrapé la toxoplasmose et le cytomégalovirus, il faut faire des prélèvements complémentaires pour savoir quand exactement... Vous êtes enceinte de plus de trois mois, c'est ça ?

La toxoplasmose et le cytomégalovirus. Une phrase claire. Sans fioriture. Le début. Bénédicte n'avait rien dit. Pas un mot. Elle avait écouté la biologiste. Alors voilà, elle attendrait Bénédicte dès le lendemain matin pour faire la suite du bilan, elle appellerait sa gynécologue pour en discuter avec elle. D'ailleurs le laboratoire avait déjà essayé de la joindre sans la trouver. Il fallait se présenter au laboratoire demain pour 8 h 00.

En raccrochant Bénédicte n'avait pas pu se lever de sa chaise, elle avait eu les jambes inertes, et puis elle avait entendu Émilie qui l'appelait en criant de sa chambre, elle s'était raidie comme elle pouvait pour se lever, et aller répondre à la petite qui avait besoin d'elle. Elle avait mis en route la machine à cassettes, des comptines musicales, pour occuper la petite et aller chercher le numéro de téléphone de sa toute nouvelle gynécologue, celle de la caserne de pompiers. Nerveusement elle avait fouillé dans son sac, dans la poche de sa veste, elle avait besoin de la carte de visite ou de l'ordonnance, sinon ce serait l'annuaire.

La gynécologue n'était pas à son cabinet, la secrétaire, aimable, n'avait aucun moyen de la joindre, il fallait laisser un message, dès qu'elle en prendrait connaissance, elle rappellerait Bénédicte.

Un peu affolée, elle avait aussi appelé Guillaume qui resta silencieux, puis osa une question.

Ça veut dire quoi au juste, tu sais toi ce que ça veut dire ?

Non, elle ne savait pas vraiment, elle avait entendu parler de tout ça, mais c'était imprécis, elle n'y connaissait rien en infections de la grossesse.

Et la gynécologue, elle est joignable quand ?

Elle ne savait pas non plus, elle allait réessayer en début de soirée.

La gynécologue était restée injoignable, elle n'avait pas rappelé. Bénédicte avait cherché l'avis d'un de ses amis qui était hématologue, lui non plus ne savait pas grand-chose des infections de la grossesse, il y avait des dosages pour savoir quand ces cochonneries avaient été attrapées, et si c'était une période risquée pour le développement du fœtus.

C'était des dosages simples, la gynécologue saurait exactement avec les résultats évaluer les conséquences. Il fallait attendre de refaire les prélèvements.

Mais c'est quand même un peu incroyable que tu aies attrapé les deux en même temps… c'est pas banal les deux d'un coup…

Bénédicte avait passé la soirée à attendre que la gynécologue la rappelle, et Guillaume très nerveux avait essayé de préparer à manger, de s'occuper de la petite qui pleurait beaucoup avant de dormir. Ils n'avaient rien à faire, ils avaient regardé un film idiot à la télévision, et chacun était resté avec ses appréhensions, vagues et pourtant infiltrantes, chacun de son côté, sans oser en parler.

La nuit avait été presque blanche, chacun de leur côté, Guillaume ne savait pas ce qu'il pouvait dire, ce qui pouvait être rassurant, ce qui serait inutile, il ne connaissait rien à la médecine, et Bénédicte n'avait pas l'air d'être plus au courant que lui.

Le lendemain, elle était allée au laboratoire pour compléter les analyses. Elle avait encore rappelé la gynécologue qui avait enfin répondu aux appels. Bénédicte était dans une cabine téléphonique près du laboratoire, face à l'église sur le boulevard Montparnasse.

La gynécologue avait eu une voix calme.

Vous avez peut-être attrapé les deux juste avant, ou juste autour de la conception, il faut vérifier. La situation est délicate parce que votre sérologie de début de grossesse montre déjà l'existence de deux marqueurs, on les appelle les IgG et d'IgM, ils sont présents tous les deux…

On est obligé de contrôler dans trois semaines,

dans le même laboratoire avec la même technique, ou mieux encore, il faudrait refaire tester dans un laboratoire spécialisé le premier sérum, et faire un autre prélèvement dans trois semaines.

C'est le seul moyen de savoir à quel moment vous avez été infectée, par rapport au début de la grossesse…

Trois semaines. Bénédicte n'entendait que cela. Il fallait encore attendre. Attendre.

Dès qu'elle aurait les résultats, la gynécologue la rappellerait pour lui fixer un rendez-vous.

Bien sûr, il y a un risque important pour le fœtus, parce que les deux maladies atteignent le cerveau à cette phase de développement, mais on ne peut pas se prononcer sans les dosages qui permettent de situer le début des infections.

Deux d'un coup, comment était-ce possible ? C'était extrêmement rare, la fatigue, une baisse de défense immunitaire, liée au début de grossesse, et Bénédicte avait été vulnérable, ça arrivait.

Debout dans la cabine téléphonique, Bénédicte s'était mise à pleurer. Elle avait voulu parler à

Guillaume, elle avait essayé en vain, il était injoignable. Elle était restée plusieurs minutes plantée devant le téléphone. Elle allait rentrer, retrouver la petite, il fallait se calmer.

Pendant trois semaines, Guillaume et Bénédicte n'avaient rien dit à personne, ils étaient minés d'angoisse. L'expression n'était pas une métaphore. Chacun dans son angoisse silencieuse. Des journées comme les autres ou presque, de celles qui ne laissent aucun souvenir, juste d'avoir été une attente.

C'était sûrement arrivé au tout début de la grossesse, en même temps sans doute.

Le 31 août, la princesse Diana mourait à trente-six ans, quelques heures après un accident de voiture sous le pont de l'Alma, dans la Mercedes de son ami Al-Fayed, alors qu'ils avaient été pris en chasse par des photographes à moto, qui ne les avaient pas lâchés depuis leur sortie du Ritz. Tout ça pour quelques clichés inutiles. Au matin c'était le choc, en boucle, des échos à l'infini. On ne parlait que de cette mort, de cette femme adulée, fracassée contre un pilier. La radio, la télévision, les journaux, partout, tout le temps, la mort d'une sainte, plus qu'une princesse, une divinité.

Des inconnus se précipitaient en nombre sur le lieu de l'accident, à l'autel, pour se prosterner, pousser des cris, pleurer ensemble, inconsolables et démonstratifs.

La catastrophe avait eu lieu contre le treizième

pilier de séparation des deux voies du tunnel. Précisément. Il y avait eu d'abord un choc contre la paroi, puis plusieurs tonneaux, et le choc, la fin de course.

Le samedi 6 septembre à onze heures, ce fut la cérémonie à l'abbaye de Westminster. Encore de la folie, la foule, la tristesse planétaire. Plus d'un million de fleurs sur les trottoirs devant son domicile. Dans les quinze jours qui avaient suivi, le nombre de suicides de jeunes femmes de vingt-cinq à quarante-quatre ans avait considérablement augmenté en Grande-Bretagne.

La douleur partout. Au treizième pilier.

La gynécologue avait clairement demandé à Bénédicte de refaire la prise de sang dans trois semaines. Compter le nombre de minutes, d'heures, épeler le nom de chaque jour de la semaine, scander, trouver des repères aux heures en regardant l'ombre des rideaux, les inclinaisons du soleil dans la cour, essayer de courir sur le calendrier, dévaler une pente, se précipiter, se jeter, regarder le calendrier, lire à haute voix, en français, en anglais si besoin, et finalement ne plus savoir quelle était la date, il n'y avait plus d'éphéméride, rien que du temps à passer.

Et le temps était resté une masse immobile. Des découpages minuscules. Une chronologie évidée, juste des minutes les unes après les autres, qui s'allongeaient en heure. Il y avait des choses à faire, des tâches de la vie quotidienne, pour être calé sur la réalité, et pourtant Bénédicte était loin de cette réalité, à la fois complètement prise par ce qu'il fallait faire, par le lieu, les détails, les variations de la lumière, et en même temps elle n'était nulle part.

Un état incommunicable, une absence imperceptible, une présence de carcasse, de façade. Guillaume faisait comme elle, il était là et dissimulait comme il pouvait qu'il n'était pas là. Tout était attente. Une lutte solitaire contre un désastre inenvisageable, ce qui ne pouvait pas arriver, ne devait pas être imaginé, il fallait absolument éviter la pensée de la catastrophe, éviter d'en parler.

Ils regardaient la télévision, toutes leurs soirées devant la télévision qui déversait des images, saturant les heures. Parce que, quand il ne fallait pas s'occuper de la petite, il fallait bien trouver quelque chose à faire, la télévision.

Au commencement, c'était juste une attente, il y aurait une nouvelle prise de sang, pour savoir plus précisément ce qui allait arriver au fœtus, juste des précisions, rien encore qui ne soit une mauvaise nouvelle. Pendant les trois premières semaines d'attente c'était seulement une suspicion de mauvaise nouvelle, une menace. Au commencement, il y avait eu comme une mise à distance de la réalité, un peu de distance. Guillaume et Bénédicte s'étaient recroquevillés sur l'attente, chacun de son côté. Dès le début, ils avaient commencé à attendre séparément, côte à côte, mais déjà seuls.

Lui savait que le bébé était dans son ventre à elle, il était conscient de cette différence radicale, elle avait tout dans son ventre, c'était là que tout se passait, lui n'avait qu'une vision extérieure, il essayait en silence de se représenter, mais ce n'était pas facile, il la regardait se taire, il se taisait avec elle.

Bénédicte avait dit qu'elle ne voulait voir personne, n'en parler à personne, elle avait dit que c'était pour l'instant inutile de dire quoi que ce soit, à qui que ce soit. Lui aurait eu envie de pouvoir en parler. Elle avait gelé la parole, tant qu'ils ne savaient pas. Finalement c'est entre eux aussi qu'ils avaient arrêté de parler.

Il y avait eu deux week-ends, ils avaient marché dans Paris, ils avaient essayé de dormir, d'emmener la petite au manège du jardin des plantes, ils avaient surtout englouti les programmes télévisés, les milliers d'images de Lady Di.

Les journées passées au travail étaient le meilleur moment de la journée, une autre vie, une cachette, surtout pour Guillaume, parce que pour Bénédicte c'était plus compliqué. Il pensait que tout était pour elle plus compliqué.

Le ventre, son ventre. Il n'osait plus le regarder, à peine l'effleurer.

La troisième semaine de septembre, Bénédicte et Guillaume avaient confié la petite aux grands-parents un samedi matin. C'était exactement trois jours après les résultats définitifs des prises de sang. Bénédicte avait bien attrapé la toxoplasmose, et le cytomégalovirus, en début de grossesse. La biologie ne laissait plus de doute. Ils allaient être reçus par la gynécologue de la caserne, ils ne savaient pas ce qu'on allait leur dire. Ils ne voulaient rien imaginer. Ils n'avaient bien sûr pas dit où ils se rendaient, pour quelles raisons désastreuses.

Près de la caserne des pompiers, ils avaient trouvé facilement une place pour se garer, ce n'était pas habituel dans Paris, Guillaume avait un instant hésité à prendre la voiture, il se demandait s'ils ne seraient pas mieux dans un taxi, il craignait de ne pas réussir à se concentrer au volant. En sortant de la voiture, il avait pris sa femme par l'épaule comme si elle était affaiblie, ou impotente, ils avaient rejoint l'immeuble, puis l'ascenseur jusqu'au troisième étage de cet immeuble des années soixante, parfaitement entretenu.

Dans la salle d'attente, il y avait un berceau vide, une mère était en consultation pour des suites de couche. Guillaume avait pris une revue sur la table basse, l'avait tendue à Bénédicte qui ne parlait pas, et n'en avait pas voulu.

La gynécologue, métisse, un peu ronde, les avait fait attendre une demi-heure, et finalement reçus dans le désordre de son grand bureau sans charme.

Les données étaient les suivantes : ce qui arrivait était grave pour le fœtus, pour la grossesse, les deux maladies contractées donnaient des malformations possiblement très graves en même temps, pour le cerveau surtout, mais le délai légal pour une interruption volontaire de grossesse était largement dépassé, il n'y avait pas de choix facile, soit Bénédicte continuait la grossesse, en la surveillant tous les quinze jours par échographie, et si des malformations graves apparaissaient, il y aurait une interruption thérapeutique de grossesse, soit la grossesse était arrêtée maintenant, mais pour cela il fallait des arguments, elle n'en avait pas encore, c'était impossible de faire une interruption sur la seule suspicion de risques, uniquement sur des statistiques.

En fait, elle ne savait pas si le bébé avait une chance de se développer normalement, elle n'en savait vraiment rien, et elle ne pouvait pas prendre de décision comme ça. Elle ne voulait pas.

Dans son souvenir, si Bénédicte avait dû être précise, c'était à partir de cet entretien qu'elle avait commencé à avoir des sanglots impossibles à contenir, d'abord à lui couper le souffle, puis des larmes continues, qui avaient coulé seules, lui couvrant le visage, sans un spasme, sans une plainte. Plus aucune plainte. Rien qu'un écoulement de douleur liquide.

Elle visualisait encore la scène inaugurale. La rue de la caserne des pompiers, le bureau en désordre, le visage rond de la gynécologue, sa voix. Le mari sidéré, la femme liquéfiée, la doctoresse et ses arguments statistiques, le cerveau du bébé, et la décision d'une éventuelle interruption de grossesse après l'avis d'une infectiologue spécialiste de la grossesse. Ils en étaient là.

Avec un téléphone mobile, ils auraient cherché quelqu'un pour les sauver, ils auraient pu ameuter la terre entière, ils auraient demandé de l'aide, du renfort, ils auraient cherché parmi les amis, les collègues, la famille, quelqu'un qui pouvait leur dire autre chose, et les aider à sortir de ce qui allait arriver. Mais ils étaient seuls sur le trottoir de la caserne, pas un pompier en vue, personne pour entendre qu'ils avaient besoin de secours, ils n'étaient pas entrés dans une cabine téléphonique pour chercher de l'aide, ils étaient abattus. Ce n'était pas une formule, une manière de dire. Qui allait pouvoir les sauver ? Personne.

Bénédicte n'avait rien dit, mais elle sentait le bébé bouger. Elle n'avait pas osé en parler.

Quel bébé ? Celui qui n'aurait pas de cerveau à cause de la viande des Grisons, de la viande rouge, de la salade, et d'un virus attrapé par sa faute ?

Guillaume avait voulu demander un autre avis, plusieurs autres avis, la médecine n'était pas une science exacte, on ne pouvait pas dire des choses aussi graves sans un autre avis. Bénédicte était entrée dans un couloir sans mot, elle n'allait plus rien dire, elle allait accepter de rencontrer tous les médecins de la terre, elle irait à chaque rendez-vous, elle sentait son bébé bouger, ça elle le sentait, pour le reste elle n'était plus vraiment présente, elle ne savait pas quoi dire, comment, à qui. Guillaume voulait un sauveteur, Bénédicte sentait le bébé bouger.

Guillaume décida d'annoncer à la famille ce qui leur arrivait, assis dans la chambre à coucher, porte fermée, il avait appelé sa mère en pleurant, et puis la mère de Bénédicte en se retenant de pleurer. Il avait dit qu'ils allaient demander d'autres avis, qu'ils avaient compris que c'était très grave. Que Bénédicte n'était pas en état d'en parler.

La gynécologue de la caserne leur avait parlé d'une infectiologue à la maternité, une grande spécialiste de ces infections de la grossesse, elle ne s'occupait que de ça. Le rendez-vous avait été organisé pour dans huit jours. Il n'y avait pas de possibilité avant, la spécialiste était à l'étranger.

Huit jours. À travailler, à s'occuper d'Émilie, à essayer de dormir, à éviter les appels de la famille, à pleurer la nuit, huit jours irréels à espérer qu'il y aurait une solution pour ce fœtus qui faisait des bulles dans le ventre de Bénédicte.

Guillaume était si pâle qu'il avait l'air malade. Il en était malade. La solitude de cette douleur comme dans les livres, dans les films, c'était exactement comme dans les histoires des autres, racontées par d'autres, tout seul avec une douleur anguleuse, et Bénédicte qui portait cet enfant malade avant d'avoir commencé à être un enfant. C'était impossible de se parler.

De quoi se parler ?

La peinture de la chambre était jaune, un mélange de jaune poussin et d'orange qui tendait vers un jaune plein, dense. Les portes du placard, qui occupait le mur du fond face à la porte, avaient des reliefs de bois, peints en rose et rouge. Des couleurs improbables. Le plafond lui était crème, mat et impeccable. Mais autour de la fenêtre, il y avait de multiples petites fissures, elles se rejoignaient, elles étaient des formes filiformes qui s'étiraient entre la tringle et la partie haute de la fenêtre. Bénédicte les regardait, les comptait. Elle aurait pu faire une cartographie. Chaque fois qu'elle s'allongeait sur son lit, elle fixait son attention sur les murs, à l'état de peinture, aux détails creusés, aux traînées sombres laissées par les mouvements du corps à mi-hauteur sur les portes des placards, aux coups portés par inadvertance dans les plaintes, les traces de l'aspirateur, des pieds, des meubles déplacés.

L'ancien propriétaire avait aimé le rose, harmonisant le placard assez clair, à la moquette de la petite chambre, vieux-rose. C'était une moquette de laine drue dont on ne voyait que trois bandes autour du cadre de lit, le reste étant heureusement caché par la taille imposante du lit conjugal.

Ni Guillaume ni Bénédicte n'aimaient ces associations de couleurs, mais c'était en assez bon état, ils n'avaient pas eu les moyens de refaire à leur goût, ils s'en étaient contentés. En fait, ils avaient aimé la vue de leur chambre, c'était à cause d'elle qu'ils avaient voulu acheter cet appartement, juste à cause de cette chambre qui donnait sur les toits et le jardin de la maison bourgeoise cachée au fond de la cour. Une belle ouverture sur le ciel et le dégradé des toits, des gouttières, des briques rouille, des crépis usés, des pentes mêlées, des nuages accrochés à la géométrie des faîtages et des cheminées. Il y avait presque des dizaines de manières de contempler la perspective, et comme dans une boule de miroirs à facettes, les reflets du soleil semblaient pouvoir jaillir de n'importe où. Et si l'on baissait les yeux, on trouvait deux grands arbres dans la cour, devant la maison particulière.

Le feuillage aéré des arbres facilitait la curiosité, d'ailleurs Bénédicte ne se privait pas de regarder ce que les chanceux voisins pouvaient bien faire dans leur petit jardin.

Elle avait passé beaucoup de temps à cette fenêtre, même allongée dans son lit, elle avait pu se concentrer, s'appliquer sur un petit bout de son paysage.

Elle avait scruté des parties distinctes de la perspective, pour en faire un inventaire précis, lent, comptant les arêtes, les angles, les briques, les gouttières, les fenêtres, les carreaux même. Il avait fallu qu'elle se mette à tout compter pour occuper le temps, elle y avait consacré son énergie, son intelligence, et surtout elle avait pu ne plus se demander combien de jours encore, il restait avant la consultation.

Tous les détails étaient devenus extrêmement importants, ils avaient pu être jusque-là insignifiants, objectivement négligeables, mais leur présence était à partir de là un soutien de tous les instants. C'était par la préoccupation pour chaque détail inutile, incongru, que Bénédicte s'était accrochée et n'avait pas chuté. En recensant tout ce qui passait sous ses yeux, en opérant un découpage même des phrases entendues à la radio, en répétant en silence les dialogues idiots de la télévision, en regardant les plaques d'immatriculation, la couleur des yeux des voisines du métro, et l'état des caniveaux, Bénédicte avait essayé de tourner toute son attention sur le monde extérieur, se fondant au-dehors, mais elle n'y était pas parvenue. Il n'y avait que son utérus, et les bulles qui caressaient la paroi de son ventre. Elle était comme une équilibriste, aux prises avec un grand écart instable, entre son intérieur menacé, affligé, qu'elle aurait voulu pouvoir chérir, et les centaines de fragments de la réalité au-dehors d'elle, qui n'étaient que des débris de bouée auxquels elle s'accrochait espérant pouvoir se sauver.

Guillaume avait été impuissant, il ne l'avait pas approchée, il avait été effrayé, il n'avait pas su ce qui allait leur arriver, mais une partie de lui avait parfaitement perçu que Bénédicte courait un danger, il aurait voulu qu'elle ne souffre pas, il n'avait pas été capable de lui parler, de la consoler, il l'avait vue s'enfoncer dans son silence, dans sa désolation étouffée, sa tristesse longtemps sans larme, puis des larmes sans tristesse, il l'avait laissée un peu seule avec tout ça. Parce qu'ils avaient commencé à se cacher l'un de l'autre. Sans pouvoir se rapprocher. Lui s'était mis à travailler un peu plus, des journées plus longues, et elle ne voyait pas comment parler et à qui parler de ce qui allait arriver. Dans le quotidien, pendant huit jours, en attendant le rendez-vous avec l'infectiologue, ils n'avaient pratiquement pas parlé de ce qui était en train de se passer. La famille s'était tenue immobile, dans la même torpeur qu'eux, pas tout à fait.

La liste des comment et des pourquoi n'existait pas, il n'y avait que des larmes. Il aurait fallu arrêter de pleurer, elle ne pouvait pas.

Elle était là et elle n'y était pas. Un dedans qui bougeait, un dehors où tout était bloqué, suspendu.

Huit jours, le temps étiré, peut-être qu'on allait leur donner une solution, une bonne nouvelle, quelqu'un qui connaissait ces maladies aurait peut-être quelque chose de mieux à proposer.

Guillaume était resté avec Bénédicte le matin du rendez-vous, il avait accompagné la petite à la crèche, Bénédicte s'était préparée. Une telle tristesse ne pouvait pas durer. Elle avait mis dans un sac les résultats des examens de sang, l'échographie qui montrait que c'était une vraie grossesse. Ils avaient commandé un taxi, Guillaume ne pouvait pas conduire.

Au premier étage de la maternité, où Bénédicte avait accouché d'Émilie, il y avait un couloir avec des portes de bureaux mauves. Tout au bout c'était celui de l'infectiologue. Une femme de taille moyenne, aux cheveux longs remontés en chignon, en tailleur bleu marine, chemise blanche à rayures vertes, une croix et une médaille de la vierge autour du cou. Il y avait un grand microscope sur une table en désordre près de la fenêtre, un petit bureau mal éclairé, recouvert de dossiers et de revues médicales en anglais, ce n'était pas un bureau de consultation, mais on leur avait apporté deux chaises pour qu'ils puissent s'asseoir.

J'ai donc regardé votre dossier... je sais que vous êtes suivie par le docteur M... c'est elle qui m'a appelée... c'est très embêtant... en fait il faut comprendre que ça tombe au pire moment pour le développement... mais on va surveiller, c'est l'échographie qui dira ce qui se passe, là pour l'instant on n'en sait rien, on sait juste que c'est pas bon...

Guillaume voulait comprendre. Est-ce qu'on pouvait dire des choses un peu précises, c'était quand même leur bébé dans le ventre de sa femme, on pouvait savoir ce qu'il fallait faire ou pas ?

Il faudra surveiller et puis sans doute interrompre... en fait c'est ça...
— Surveiller pour interrompre ? Vous vous rendez bien compte de ce que vous nous demandez !

Bénédicte n'était pas là. Elle n'écoutait plus, elle n'entendait pas. Guillaume poussait des cris, l'infectiologue réputée aussi, elle n'avait rien de mieux à proposer, c'était comme ça que les choses devaient se passer, on ne pouvait pas décider d'arrêter une grossesse sans arguments concrets, même si on savait que c'était très compliqué.

Guillaume bataillait contre une femme sans blouse blanche qui lui opposait finalement la clause de conscience pour ne pas faire d'interruption de grossesse sans argument échographique indiscutable. Guillaume essaya de se calmer, il pensait qu'on ne les comprenait pas, ils ne voulaient pas interrompre la grossesse, ils voulaient savoir si le bébé allait se développer normalement, c'était ça qu'ils voulaient savoir.

Alors le même discours avait repris sans avoir été modifié d'un seul mot.

Il faut laisser la grossesse se poursuivre, il y a peut-être une chance sur cent pour que le bébé soit normal, mais personne ne fera l'interruption s'il y a une chance qu'il soit normal.

Il faut que vous compreniez, je vais vous réexpliquer, écoutez ce que je vous dis, vous avez attrapé deux maladies, la toxoplasmose et le cytomégalovirus. L'un est un parasite, l'autre un virus. Évidemment je sais que vous avez fait des études de médecine mais je vais vous expliquer, il faut que vous compreniez ce qui se passe et les problèmes que ça va poser. Alors d'abord la toxoplasmose. Elle est habituellement anodine pour l'adulte mais, lorsqu'elle arrive en cours de grossesse, elle peut être transmise au fœtus à travers le placenta, et à partir de là, on peut avoir des conséquences variables. Plus l'infection maternelle arrive tôt dans la grossesse, plus le passage du parasite à travers le placenta, et donc l'infection du fœtus, est rare. Mais par contre, plus le fœtus est infecté tôt dans la grossesse, plus les conséquences pour lui risquent d'être sévères. En gros, pour les infections maternelles de début de grossesse, le risque fœtal est rare mais très grave. Alors pour le cytomégalovirus, c'est encore autre chose, le problème ce sont les destructions cellulaires du cerveau, il faut le dire, surtout pendant les quatre premières semaines de grossesse, avec une destruction plus ou moins étendue du tissu cérébral. C'est le problème. On ne peut pas savoir autrement qu'en surveillant l'évolution des échographies, on n'a pas d'autres moyens de savoir si le fœtus a été infecté.

Vous avez attrapé les deux sans doute autour de la conception, mais nous n'avons aucune certitude sur les conséquences, elles sont rares séparément, mais deux infections, je n'avais jamais vu ça encore. Je ne peux pas dire ce qui va se passer, il faut attendre au moins le sixième mois, et des échographies tous les quinze jours. Et en fait pour le CMV, il faut parfois attendre l'âge de deux, trois ans, pour savoir s'il y a des séquelles, ça aussi c'est vrai.

On ne peut pas négliger l'option que votre enfant puisse être normal…

Évidemment il n'y a presque pas de chance mais si c'était le cas, je m'en voudrais d'avoir accepté d'interrompre la grossesse.

On ne peut pas négliger l'option que votre enfant puisse être normal…

Guillaume n'en pouvait plus. Bénédicte l'avait laissé à sa colère, elle n'écoutait plus depuis de longues minutes. Il savait bien que ce n'était pas la peine de lui demander son avis, il savait bien qu'elle ne dirait rien, elle était au-delà de la communication verbale, elle était branchée sur d'autres dimensions. Pour se sortir de là, Guillaume avait fini par dire qu'il voulait voir la gynécologue qui avait suivi la première grossesse, le docteur Flévine, elle était spécialiste des grossesses pathologiques, elle leur serait d'une grande aide.

Il fallait prendre des décisions, ils n'y arriveraient pas comme ça, il y avait trop de suspicion. C'était comme si Guillaume et Bénédicte avaient voulu se débarrasser d'un enfant normal, ou pire encore, qu'ils n'envisageaient pas qu'ils pourraient accueillir et assumer l'enfant malade qui viendrait peut-être. De l'eugénisme en somme. Bénédicte, dans son silence, pensait que tout était de sa faute, la viande des Grisons, et autre chose encore. Elle n'avait rien à expliquer à personne.

Excédée, la doctoresse infectiologue était sortie brutalement de son bureau, on l'entendait crier dans le couloir, *vous avez vu la secrétaire de Flévine… ?* Ses pas qui cognaient le sol, s'éloignaient. Guillaume et Bénédicte étaient restés seuls. Elle avait ouvert la bouche pour dire qu'elle voulait rentrer à la maison, qu'elle ne se sentait pas bien. Guillaume avait insisté, *il faut qu'on attende qu'elle nous trouve un rendez-vous avec Flévine… elle va nous aider, c'est sûr.*

Bénédicte s'était levée, elle avait fait les cent pas dans le couloir juste devant le bureau, Guillaume n'avait pas bougé de sa chaise. Une infirmière était revenue les voir au bout de plusieurs minutes, et leur avait annoncé que le docteur Flévine ne serait là que dans deux jours, mais qu'on avait pu les rajouter à sa consultation de la semaine d'après.

Ils pouvaient partir, ils n'avaient pas envie de revoir l'infectiologue, ils attendraient Flévine.

La scène était cotonneuse. Bénédicte avait vu que Guillaume s'était levé, qu'il avait fait claquer sa main sur le bureau, poussé des cris, elle avait bien vu tout ce qui s'était passé, mais les sons étaient restés amortis, comme les images qui semblaient ralentir jusqu'à elle. Elle avait senti la tristesse, toujours la même, du cristal, de l'eau qui s'écoulait, elle se vidait d'une tristesse invisible, elle avait entendu tout ce qui s'était dit, elle n'entendait rien, elle les voyait, la catholique, sa clause de conscience, la viande des Grisons, le cytomégalovirus, son ventre qui faisait des bulles, le bureau sous un néon gris. Elle n'avait rien pu dire, elle n'avait rien dit, elle ne savait pas où elle était, Guillaume était assis, puis debout, elle avait vu qu'il avait le visage tordu, il avait voulu parler à quelqu'un d'autre, il ne voulait pas que cette grossesse soit un loto du handicap annoncé.

Mais monsieur, ici on ne fera pas l'interruption avant plusieurs semaines, et seulement si c'est justifié, pour l'instant vous n'avez ni un bébé normal, ni un anormal, il faut encore attendre.

Même une fois dans la rue, loin du bureau de l'infectiologue, Guillaume continuait de s'énerver, il ne supportait plus d'entendre toutes ces conneries, ils iraient d'abord revoir la gynécologue de la caserne, et puis ils se rendraient chez Flévine, ils obtiendraient des explications, des certitudes. La catholique lassée, irritée, impuissante, leur avait même proposé de demander une interruption de grossesse pour des raisons psychologiques, aux motifs que la mère ne pouvait pas assumer la grossesse… Guillaume ne s'en remettait pas, et Bénédicte était à peine présente.

C'était à partir de là qu'elle avait commencé à ne plus être triste. Si quelqu'un lui avait posé une question sur ce qu'elle éprouvait, Bénédicte aurait sans doute répondu « rien, je ne sais pas ». Elle ne sentait plus rien, et des larmes glissaient sur ses joues sans qu'aucune crampe de douleur et de sanglots ne soit venue l'étreindre.

Guillaume avait peur de la voir dans cet état, il ne savait pas quoi faire, il n'osait pas la prendre dans ses bras, il était en colère contre ceux qui ne comprenaient rien à ce qui leur arrivait. Ils ne demandaient pas l'avortement, ils voulaient qu'on décide pour eux, avec des arguments médicaux. Les médecins devaient savoir suffisamment de choses précises pour prendre une décision, il ne voyait pas qu'en fait aucun d'eux ne voulait assumer quoi que ce soit, que c'était aussi une affaire idéologique, et que peut-être sans pouvoir le formuler, cette affaire de grossesse déniée à ses débuts par une jeune interne de médecine était une énormité qu'ils n'arrivaient pas à dépasser, trouvant qu'après tout, si Bénédicte avait reconnu et respecté la grossesse qui se déroulait en elle, elle aurait fait attention au fœtus, et n'aurait pas été contaminée par un parasite et par un virus. En somme, si Bénédicte s'était mieux comportée, elle n'en serait pas là. Maintenant il fallait assumer quelque chose, un bébé anormal par sa faute. Guillaume ne voulait rien savoir de tous ces énoncés, il demandait que le cauchemar s'arrête.

Bénédicte ne se souvenait pas quand elle l'avait remarqué la première fois, mais sa voix s'était modifiée. Elle était peut-être seule à l'avoir remarqué. Il y avait eu une dissonance. Comme si sa voix était devenue un peu plus haute, crispée dans les aigus. Bénédicte laissait échapper des intonations qui n'étaient pas les siennes, pourtant c'était bien sa bouche, son souffle, ses propres vibrations, ses mâchoires et sa langue pour chaque consonne, mais elle ne reconnaissait pas sa voix. Elle ne savait pas exactement ni depuis quand ni comment c'était apparu, elle avait entendu le changement, un après-midi, elle était sur le chemin de la crèche pour aller chercher Émilie, elle avait fredonné comme à son habitude, et elle avait trouvé que c'était faux, ce n'était pas comme d'habitude. Elle avait alors été attentive à son ton quand elle parlait aux jeunes femmes de la crèche, quand elle s'adressait à Émilie, ou à Guillaume le soir même, et voilà que quelque chose ne collait pas. Elle n'avait rien pu faire. Elle n'avait pas osé demander à Guillaume si lui aussi avait perçu ce grincement, ce glissement. Et puis elle n'avait plus reconnu la voix de Guillaume, elle l'avait trouvée comme refroidie, métallique, pas lui. Elle avait pensé que c'était la faute du bébé, celui dont ils allaient se débarrasser, c'était sûrement lui, ou bien c'était leur faute à eux. Ils allaient y laisser leurs voix aussi, pas seulement le gosse, ce n'était pas seulement la promesse d'enfant qui passait à la poubelle, mais leurs voix. Bénédicte était obsédée par une seule donnée, ils allaient se débarrasser d'un enfant, d'ailleurs il devait bien le savoir lui, le sentir. Ce n'était pas possible qu'il ne se rende compte de rien. Au début de lui-même, il avait peut-être une forme de conscience, une intuition, ou ne serait-ce qu'une émergence de sentiments, d'éprouvés. Puisqu'il était branché sur elle, il ne pouvait ignorer complètement ce qui allait lui arriver. Quand Bénédicte pensait à cette mise à mort, elle voulait mourir aussi, par instants brefs, jaillissants.

Lorsqu'elle imaginait cette ébauche d'enfant qui flottait en elle, dans une grâce certaine, dispersant de multiples bulles fines à chaque mouvement, et qu'elle se demandait s'il savait qu'on s'apprêtait à se débarrasser de lui, elle se sentait se dissoudre de honte, de chagrin. Peut-être qu'il partirait avec leurs deux voix, peut-être qu'il allait laisser à Bénédicte et Guillaume le stigmate de leur acte : une voix méconnaissable.

Si elle avait eu un téléphone mobile, elle ne l'aurait pas utilisé, elle n'avait rien à dire à personne, elle n'arrivait déjà pas à parler à Guillaume. Ils n'arrivaient pas à se parler. Si elle avait eu un téléphone, elle l'aurait éteint pour que personne ne l'appelle, pour qu'elle n'ait pas à expliquer dix fois, vingt fois la même chose, pour rien, elle l'aurait éteint pour ne pas avoir à surveiller sa voix, ses émotions, à les dissimuler.

Quand le téléphone sonnait à la maison, elle laissait s'enclencher le répondeur, écoutait, et seulement si c'était Guillaume, elle décrochait. Pour les autres, ils devaient laisser des messages et elle ne rappelait pas. Pour quoi faire ? Elle ne voulait pas de compassion, elle n'en voulait pas, elle savait bien que tout le monde avait de la peine pour elle, tout le monde. Elle ne doutait pas qu'il y avait de la tristesse, mais elle avait des bulles dans son ventre. Des petites d'abord, puis des grosses. Elle ne pensait qu'à ça.

La gynécologue de la caserne de pompiers leur avait reproposé un rendez-vous dès le lendemain de la scène chez l'infectiologue, et en attendant de voir le docteur Flévine.

Ce fut presque la même scène, Guillaume, un peu plus calme, voulait encore des explications, des précisions, des certitudes. Bénédicte ne disait rien, elle ne donnait pas l'impression d'écouter. Mais Guillaume avait avec la gynécologue comme un mur face à lui, froid et un peu méprisant, il ne comprenait pas ce qui pouvait susciter une telle dureté. L'attitude de Bénédicte, pour qui ne la connaissait pas, était pour le moins énigmatique, elle était si silencieuse, distante, on ne pouvait pas savoir ce qu'elle pensait, et Guillaume semblait faire le grand écart entre sa femme perdue dans d'autres sphères, et l'agressivité inconcevable de la gynécologue.

On lui répétait toujours la même chose : on laisserait la grossesse se poursuivre au moins jusqu'aux six mois, on regarderait de près les échographies, tous les quinze jours, et on déciderait, on pouvait déjà faire dans quelques jours une amniocentèse…

Et Guillaume répétait lui aussi la même chose, *vous nous dites que c'est très grave pour le fœtus, que toutes les malformations ne se verront pas à l'échographie, que pour certains enfants on ne voit les premiers signes que vers deux ou trois ans, vous imaginez un peu ce qui va se passer, d'abord s'il faut arrêter la grossesse vers sept mois, et puis sinon l'angoisse qu'on aura après ? Je crois que vous n'imaginez pas…*

Voilà, il n'y aurait pas de décision médicale, mais s'ils y tenaient, Guillaume et Bénédicte pouvaient demander l'interruption de grossesse pour raisons psychologiques… Guillaume s'opposait à ce motif, ce n'était pas l'état de sa femme qui justifierait ou pas l'interruption, ils voulaient une décision médicale avec des garanties sur la suite pour le bébé. *C'est votre boulot !*

Octobre 1997. C'était le début du procès Papon, à Bordeaux, avec le président Castagnède, le maître à bord. Il connaissait la moindre date, chaque document du dossier, le nom de chacune des victimes. Le début des voix à la radio, elles se superposaient, celles des parties civiles, les avocats de Papon, comme un labyrinthe de voix, et celle de Papon, reconnaissable, imperturbable. La voix d'Arno Klarsfeld aussi, nasillarde, téméraire. On n'entendait jamais celle de Castagnède, il était discret, loin des journalistes, il ne donnait sa voix qu'à la cour d'assises.

C'était un vendredi matin. Le rendez-vous était à neuf heures. Ils avaient déposé la petite à la crèche, sans chantonner, sans rien dire de particulier. Ils s'étaient tenu la main, sans se regarder. Mais ils avaient leurs mains collées. Moites.

Sur le bureau du docteur Flévine, il y avait en évidence le dossier de Bénédicte déjà ouvert, avec les examens, les notes de l'infectiologue. Guillaume et Bénédicte s'étaient installés face au bureau. Ils regardaient le dossier, et la femme tranquille qui leur souriait doucement.

Bon... Les deux infections en début de grossesse, c'est extrêmement grave... Il faut arrêter la grossesse.

Une seule phrase, pas de discussion, ni de procès d'intention. Plus aucune question. Une réponse.

Elle considérait que les règles légales, avaient été respectées. On était vendredi, elle demandait à Bénédicte d'être là dimanche soir, lundi matin l'interruption se ferait par les voies naturelles.

Comme un accouchement... Il n'y a pas le choix...

Guillaume avait dit au docteur Flévine qu'ils ne voudraient pas « le » voir, qu'ils ne voudraient pas savoir si c'était un garçon ou une fille, qu'ils n'étaient pas capables d'en savoir quelque chose, qu'il faudrait qu'on les laisse tranquilles, que personne ne devrait plus leur parler de tout ça. Il pleurait.

Bénédicte n'avait pas ouvert la bouche. On ne l'entendait pas pleurer, les larmes coulaient à l'intérieur, et gelaient en glissant dans sa poitrine. Flévine avait essayé de s'adresser à Bénédicte, elle était restée mutique.

Flévine avait simplement dit qu'il faudrait du temps, qu'il fallait attendre, le temps allait les aider, c'était comme ça pour les couples qui avaient traversé ce genre d'événement. Elle parlait gentiment, sans excès de voix, juste gentiment.

Une mise à la poubelle. Une destruction. Une vidange.

Ils devaient rencontrer le psychologue du service, il ne s'occupait que des couples qui vivaient une interruption de grossesse. Il était là ce matin, il pouvait les recevoir tout de suite. Comme des automates, Guillaume et Bénédicte étaient allés dans le bureau du psychologue.

Guillaume avait prévenu le psychologue, Bénédicte ne lui parlerait pas. Elle ne lui avait pas adressé la parole. Elle ne pouvait pas parler de la viande de Grisons.

Le psychologue déployait une empathie inutile, il posait sa voix pour leur dire que c'était une épreuve, qu'il les reverrait après l'interruption, ensemble ou séparément. Guillaume et Bénédicte ne voulaient rien.

Au commencement il y avait eu l'attente. Pour savoir si elle était enceinte, pour savoir si elle était contaminée, pour savoir si le fœtus l'était, pour rencontrer un médecin qui devait leur expliquer ce qui allait arriver, puis pour en trouver un autre qui allait décider, pour rencontrer le psychologue qui les regarderait pleurer, et finalement pour se retrouver au bloc opératoire.

À chaque étape, Bénédicte avait bien vu que son état se modifiait, pas seulement l'arrondi de son ventre, mais son état psychologique, il y avait eu une donnée commune à toutes ces semaines, le silence. Elle avait si peu parlé, si peu.

Au début il n'y avait que de la tristesse, et un tout petit peu d'espoir que tout s'arrange finalement, puis progressivement il y avait eu un effondrement invisible, l'installation d'une tristesse incommunicable, sans larme, et enfin il y avait eu la phase des larmes ininterrompues, une tristesse sans tristesse. La dissolution. Elle avait entendu ce mot pour l'Assemblée nationale, dissolution, c'était ce qu'elle vivait, cela correspondait précisément à ce qu'elle vivait, elle ne pouvait pas l'expliquer avec des phrases, des détails, des métaphores, c'était physique.

À partir de là, Bénédicte n'avait alors plus ressenti de tristesse, il y avait eu juste une vidange, des sanglots muets, un affolement sans bouger, une tristesse épurée, glacée, gelée et pourtant liquide. Peut-être que ça ne voulait rien dire, que ce n'était pas communicable, elle ne voyait pas ce qu'elle aurait pu en dire.

Il y avait eu aussi entre Guillaume et Bénédicte une mise à distance. Ils auraient eu besoin de se rapprocher, ils n'avaient pas pu. Elle était restée très seule, ils étaient chacun à leur solitude, présents physiquement dans le même lieu, et incapables de se parler. Ils étaient démunis l'un avec l'autre.

Guillaume aurait voulu croire que ce qu'ils vivaient était irréel, que la scène allait se brouiller, et qu'un écran se glisserait pour les ramener dans une autre vie. Mais pour Bénédicte la réalité c'était dans son ventre, ce n'était pas une scène qui se déroulait sous ses yeux, il n'y avait rien d'extérieur à elle, Guillaume lui était juste à côté. Ils étaient liés par l'événement, mais sur deux rives disjointes, l'un dedans, l'autre dehors, de part et d'autre de la peau du ventre de Bénédicte, de la paroi de son utérus.

En sortant de chez Flévine, Guillaume était un peu soulagé, le cauchemar allait s'arrêter, et Bénédicte continuait de se taire.

Elle n'aurait pas pu dire si elle était soulagée ou complètement effrayée.

Vendredi après-midi, Guillaume retourna au travail, elle décida d'aller seule au cinéma. Le film était une comédie romantique américaine avec l'actrice Julia Roberts, film à l'affiche depuis le début de l'été, c'était une banale histoire de jeune femme amoureuse de son meilleur ami, qui se mariait avec une autre. Le mariage de mon meilleur ami. Pendant tout le film, Bénédicte avait senti le bébé bouger, distinctement, une conversation entre eux, et il y avait eu la musique du film,

The moment I wake up, Before I put on my makeup, I say a litlle prayer for you, Forever, and

ever, you'll stay in my heart and I will love you, Forever, and ever, we never will part, Oh how I'll love you

Il faisait beau en sortant de la salle, elle avait marché jusqu'à la maison, tranquillement comme une femme enceinte doit se ménager, en se tenant le ventre, en pensant aux deux jours irréels qui leur restaient, à elle et au fœtus, deux jours ensemble, et puis ce serait la poubelle, celle où son irresponsabilité l'avait menée, avec la viande des Grisons, le cytomégalovirus, et elle était plantée là, avec la solitude des bulles dans son ventre déjà arrondi, et le silence de Guillaume qui ne savait pas quoi faire.

I say a little prayer for you.

Bénédicte avait décidé de laisser Émilie à ses parents jusqu'à ce que ce soit terminé, elle était bien incapable de faire semblant de quoi que ce soit. Le dernier week-end.

Pendant deux jours, ils avaient regardé la télévision et marché dans Paris, une ville fantôme, ils regardaient les trottoirs, et leurs pieds. Elle se touchait le ventre, Guillaume lui tenait l'autre main. Ils étaient dans leur silence, toujours le même, ils ne savaient pas ce qu'ils pouvaient bien se dire. Lui ne pensait pas qu'elle était coupable de ce qui arrivait, elle était persuadée qu'il la pensait coupable. Elle avait eu des médicaments à prendre, elle ne savait pas à quoi ils devaient servir.

Dimanche après-midi, elle n'avait quitté sa chambre que pour préparer un sac pour l'hôpital, deux trois affaires, le strict minimum.

Ils avaient commandé un taxi, Guillaume ne voulait pas conduire. Ils avaient été accueillis par une infirmière très jeune, au même étage que les naissances, mais Bénédicte était dans une chambre seule, peinture grisée par la saleté, une douche au bout du couloir, et la nuit qui était tombée sans prévenir. Guillaume s'était assis dans le fauteuil pendant que Bénédicte était allée se doucher avant que le gynécologue ne vienne lui placer des hormones dans le vagin, pour la dilatation, les contractions. Toute la nuit elle avait senti des douleurs, des bulles encore, des douleurs très fortes entre ses jambes. Elle avait pleuré sans s'arrêter, Guillaume était rentré se coucher. On ne leur avait pas proposé qu'il assiste à cet accouchement mortel. Les sanglots ne s'étaient pas arrêtés de la nuit. Au matin on était venu la chercher pour l'amener au bloc opératoire, elle pleurait toujours sans faire de bruit, juste des larmes ininterrompues.

En arrivant dans la salle, le docteur Flévine était là.

Il faut absolument que vous arrêtiez de pleurer, je pense que nous allons devoir faire une anesthésie générale, je ne peux rien faire si vous êtes dans cet état.

Bénédicte la regardait, et ne pouvait rien répondre, l'anesthésiste s'impatientait.

Si vous continuez je ne pourrai même pas vous endormir…

Elle se souvenait de la morphine, des vomissements sous morphine, des cauchemars sous morphine et anxiolytique, de la dilatation de son vagin, ça lui faisait mal, elle avait bien senti que ça se dilatait, et il y avait eu les contractions aussi, dans son ventre, sur les bulles, elle ne se souvenait plus quand précisément elle avait arrêté de sentir le fœtus bouger, c'était étrange mais ça elle l'avait oublié. Elle avait pleuré, sans s'arrêter, il y avait eu le visage rassurant de la gynécologue, trois visages sur Bénédicte dans la salle du bloc opératoire, l'anesthésiste, la gentille docteur Flévine, et une infirmière. Leurs trois visages qui fixaient la tristesse de Bénédicte. Après on l'avait endormie. Elle s'était arrêtée de pleurer en s'endormant.

Elle s'était réveillée dans sa chambre.

Sa mère était là, pas Guillaume, il était au travail. Bénédicte ne pleurait plus, plus du tout.

Elle était nauséeuse, elle avait mal au ventre, il n'y avait plus de bulle, plus une.

Sa mère avait un air de circonstance, inutile. Guillaume n'était pas là. Pour ne pas avoir à parler avec sa mère, elle se laissa prendre par le sommeil et les nausées. Une femme enceinte pouvait avoir envie de vomir, pas une femme vide qui venait de jeter un enfant à la poubelle. Elle avait des nausées pourtant, et une intense fatigue. On la laissa tranquille, le soir arriva et Guillaume aussi, avec son silence, une froideur, et la voix que Bénédicte ne reconnaissait pas.

Est-ce que le médecin a dit quand tu pouvais sortir ?

Est-ce que tu veux des magazines ?

Des questions. Elle ne se souvenait pas de ses réponses.

Pendant deux jours, on la surveilla à cause de saignements importants, puis il avait fallu rentrer à la maison. Elle avait refusé de voir le psychologue, elle avait revu sa gynécologue, la gentille, Flévine, elle était venue lui rendre visite dans sa chambre, le premier soir, après le départ de Guillaume. Elle lui avait demandé comment elle se sentait, Bénédicte avait dit que tout allait bien, Flévine avait parlé de la tristesse si forte au moment de l'interruption, Bénédicte avait changé de conversation.

Le matin de la sortie, Guillaume avait téléphoné, il ne pouvait pas venir la chercher, il était au travail, pour une réunion importante, il fallait qu'elle prenne un taxi. Quand Bénédicte avait demandé à l'infirmière de lui commander un taxi juste avant le déjeuner, l'infirmière s'était étonnée, *il ne vient pas vous chercher votre mari ?*

Non il n'allait pas venir. C'était simple, et froid.

Elle avait fait son sac, pris son ordonnance, elle marchait lentement, elle avait mal au ventre.

Le taxi l'attendait devant le bâtiment, une Mercedes noire, avec des fauteuils de cuir bordeaux, tirant vers le rouge. À l'arrière de la voiture, Bénédicte regardait fixement le cuir des sièges, rouge comme du vin, pas comme du sang, ou peut-être un peu comme du sang. Seule dans son taxi pour aller chez ses parents où se trouvait Émilie. Seule dans son taxi.

Je vais le quitter, un jour je le quitterai.

La phrase avait jailli du cuir des fauteuils.

Il n'aurait pas dû la laisser seule. On ne laisse pas sa femme sortir seule de sa boucherie.

Un tailleur bleu, sans particularité, un chemisier blanc rayé de vert, col à peine ouvert, la jupe au-dessous du genou, des mocassins marron impeccables. Des cheveux blonds, longs, épais, en chignon, remontés à la nuque, quelques racines blanches. Des yeux très bleus, des rides assez profondes, au milieu du front, et de part et d'autre de la bouche. La médaille de la vierge Marie autour du cou. C'était l'infectiologue.

Une robe ample, jusqu'aux chevilles, de coton épais mauve, avec une ceinture de cuir tressée sur les hanches larges, des sandales de cuir, noires, talons compensés, très hauts, et des bracelets de bois clair sur les deux avant-bras, assortis aux boucles d'oreilles, des dés de bois mis bout à bout, pendus aux lobes étirés par le poids. Le visage était rond, les cheveux courts, entre le frisé serré et le crépu, la peau était miel, les yeux très grands sous les sourcils épilés, une ligne, presque qu'un trait de crayon, elle ne portait pas de rouge à lèvres. C'était la gynécologue de la caserne.

Un pantalon de lin noir, pinces, droit jusque sur le dos du pied, avec une cassure élégante sur les chaussures, une chemise de lin bleu nuit, des tennis basses blanches, neuves, une taille fine avec une ceinture Hermès de cuir noir, pas un bijou, ni sur la peau dans l'ouverture triangulaire de la chemise, ni aux poignets, ni aux doigts. La blouse blanche n'était jamais complètement boutonnée. Ses cheveux étaient châtains très clair, bouclés, un carré jusqu'à la limite inférieure des oreilles. C'était le docteur Flévine.

Bien sûr il y avait aussi le psychologue, très grand, corpulent, voûté, une chemise bleu ciel avec une cravate bleue, un pantalon de costume gris, sans veste, elle était restée sur le dos de sa chaise. Une alliance à la main droite, et un bureau presque vide. Des cheveux marron, coiffés en arrière, épais et ondulant.

Et puis, il y avait eu l'anesthésiste, un pyjama de bloc opératoire vert, une blouse blanche ouverte, des sabots de plastique, une charlotte de papier sur la tête, les cheveux gris qui en dépassaient, un masque attaché et légèrement baissé pour pouvoir parler et être compris. Une moustache épaisse qui couvrait un peu la lèvre supérieure.

Interrompre. La version moderne vient du mot latin *interrumpere*, briser, détruire, mettre en morceau. Interruption. C'était un mot d'abord juridique, et désignait « un fait qui trouble la jouissance ». Elle n'avait rien inventé, c'était le dictionnaire historique de la langue française. Elle n'avait pas regardé pour avortement, là elle avait inventé.

Avortement, nom masculin, d'utilisation pas du tout récente, mais qui recouvre des réalités très différentes, on distinguera l'avortement médical, pour des raisons maternelles ou infantiles, l'enfant ou la mère étant en danger, de l'avortement précoce, volontaire, en tout début de grossesse, issu d'une loi fondamentale pour le droit des femmes.

Avortement médical signifie pour Bénédicte, depuis octobre 1997, scène répétitive de mise à la poubelle d'un enfant, ou encore tristesse sans tristesse, indépassable, chez une femme jeune, qui n'avait pas vu qu'elle était enceinte, et ce malgré un niveau d'éducation certain, et un premier enfant.

Interruption médicale de grossesse, formule froide pour expérience radicale, banale, et médicalement très étrangement accompagnée. Solitude, Honte, Larmes, Silence, sont autant de synonymes, variations, nuances, compléments, et désolations qui vont avec la formule consacrée, interruption médicale de grossesse.

Les jours qui passaient très lentement

Les heures une à une

La voix dissonante, chaque fois qu'elle ouvrait la bouche

Se débarrasser d'un enfant

Une seule certitude : se débarrasser d'un enfant

Ne pas vouloir connaître le sexe, ne pas vouloir

La tristesse sans tristesse, presque abstraite, pure, cristalline

Le silence, entre eux

Il n'y aurait pas de visage à regarder

Pas de corps, pas de visage, pas de sexe, pas de bébé

On ne peut pas négliger le fait que vous pourriez avoir un enfant normal

Elle s'était débarrassée d'un enfant

La dissolution

Elle avait subi un avortement thérapeutique, une interruption médicale de grossesse. Elle était enceinte de cinq mois. Elle sentait très bien le bébé bouger. Elle avait voulu reprendre cette histoire. En détail. Pour quoi faire ? Parce que c'était un événement important. Elle n'était pas seule à avoir vécu ce genre d'incident de parcours. Elle avait pu dire tout cela à la journaliste.

Elle voulait raconter. C'est tout.

Au début, elle ne savait pas comment en parler. Après avoir réfléchi, elle avait décidé qu'elle dirait « il » car si l'on s'en tenait au mot fœtus, elle n'avait pas à choisir s'il avait été garçon et fille. Il n'avait pas existé, ou à peine, juste pour elle, rien que pour elle. Bénédicte ne pleurait plus sur son absence, elle ne pleurait plus sur son massacre. Elle ne pleurait plus.

Il avait eu une forme humaine, elle l'avait très bien senti bouger. On lui avait dit, *tu verras le deuxième enfant, on le sent bouger plus tôt.* Elle l'avait senti bougé plus d'un mois avant le jour de l'avortement. Des bulles qui glissaient dans son ventre, se faufilant en douceur. Elle l'avait eu en elle et elle le savait. Pour elle, il avait été des bulles en douceur dans son ventre, puis des restes désarticulés dans un bloc opératoire.

Elle ne savait pas s'il allait être un enfant, elle n'avait pas imaginé ce qu'il allait être, il avait eu le temps d'être une promesse, et une scène violente qui lui restait intacte quinze ans après. Il avait été la douceur de la promesse, et une scène de boucherie qui la poursuivait. Elle était devenue un boucher.

Les anti-avortements allaient pouvoir se délecter, parce qu'ils utilisaient cet argument, l'avortement était montré comme un massacre. Elle se souvenait qu'en seconde année de médecine, un professeur d'histologie, farouche opposant à l'IVG, catholique traditionaliste, avait organisé dans le grand amphithéâtre de sa faculté un débat piégé sur l'IVG. Bénédicte avait à peine vingt ans.

Il leur avait fait un mauvais discours introductif, un rictus lui tordait la bouche et ses cheveux lissés vers l'arrière lui donnaient un air sévère.

Il leur avait expliqué que l'IVG était une boucherie inhumaine, une extermination, et puis pour étayer son faible propos, il leur avait montré un film, on y voyait de l'intérieur une aspiration, un tube dans un utérus qui enlevait le fœtus, le disloquait. Elle avait eu envie de vomir. Les étudiants avaient sifflé devant l'écran géant qui leur vomissait dessus en noir et blanc. Ils avaient poussé des cris, traité l'histologiste manipulateur de fasciste. Et puis dans un brouhaha assourdissant, une voix plus ferme avait réclamé le silence, pour qu'un débat puisse avoir lieu.

Sa voisine de rangée ne décolérait pas. Bénédicte s'était penchée pour partager son indignation, elles avaient alors entamé une discussion sérieuse, ramenant leurs avis tranchés, les récits que d'autres avaient pu leur faire, les droits de la femme, le combat pour les jeunes filles qui ne pouvaient pas élever un enfant, les violées, les abandonnées, toutes les histoires de vie qui étaient passées par la case IVG et que l'histologiste fou venait de mépriser, de violenter, lui le nazillon du bas de l'amphithéâtre.

C'est ce jour-là que Bénédicte avait pour la première fois entendu parler de l'avortement, elle avait pour la première fois donné son avis, politique, féministe, vigoureux, sur le droit des femmes, elle avait dit, en criant avec d'autres, que ceux qui agitaient des scènes de boucherie et des glissements nauséabonds ne méritaient même pas qu'on discute.

L'IVG et l'interruption médicale de grossesse, cela n'avait rien à voir. Bénédicte n'avait pas interrompu un début de grossesse, elle s'était débarrassée d'un enfant qu'elle avait rendu malade en partie par sa faute.

Il fallait avoir un peu de recul pour se mettre à raconter. Sur le moment, ce n'était pas facile à décortiquer, elle s'était laissé prendre, emporter, les événements n'étaient même pas encore une histoire, parce que pour commencer il n'y avait eu que l'effet des événements, les insomnies, les larmes lisses, les effrois de la nuit, les bulles dans le ventre, les non-dits qui avaient tissé leur toile d'araignée, et la construction invisible d'une fin que rien encore ne permettait d'anticiper. L'histoire, elle se la raconterait après. Sur le moment il n'y avait pas eu d'histoire rien que des journées qui s'étaient enchaînées, une chronologie précise, définitive, engloutie par la douleur, ça ne faisait pas un récit. Bien après elle s'était approchée des images, des souvenirs, elle les avait regardés, presque manipulés avec ses mains, comme des objets retrouvés dans un tiroir. Les angles, les arêtes, les coups qui avaient abîmé les bords, ces objets qu'elle avait gardés, qu'elle n'avait jusque-là jamais sortis de leur cachette, et maintenant elle les avait sous les yeux, elle avait arrêté de pleurer en les regardant, elle avait même pu les regarder longtemps sans se mettre à pleurer, sans avoir envie de vomir, c'était devenu possible, c'était le temps du récit. Elle allait se sortir de cette impasse où elle avait coincé son existence.

Elle leur avait donné un prénom, à chacun d'eux, c'était plus facile avec un prénom, cela leur donnait un corps, des contours, de quoi sentir qu'ils étaient des gens comme les autres, des personnages auxquels ressembler, des histoires comme tout le monde, un peu les mêmes. C'était plus facile avec des prénoms. Sinon elle trouvait que c'était froid, comme vidé. À partir du moment où elle les avait nommés, elle avait espéré qu'on ne lui dirait pas que c'était distant, inconsistant. Les prénoms, ça devait tout changer.

Elle aurait pu dire aussi « le mari et la femme », ou bien « il et elle », non, elle avait préféré un Guillaume et une Bénédicte, ce n'était pas qu'une question de forme, c'était une réelle affaire d'incarnation.

Elle aurait d'ailleurs pu le raconter de toutes sortes de manières.

Guillaume était enchanté que Bénédicte soit enceinte, il voulait vraiment un deuxième enfant. Le mari avait manifesté une joie sincère devant l'annonce de cette grossesse qu'il avait espérée depuis que le préservatif s'était rompu. Il poussa un cri de surprise enjouée, elle ne savait pas si elle devait crier sa joie, elle n'en avait pas encore, elle était sidérée d'avoir pu ignorer qu'elle était enceinte.

Elle aurait pu aussi bien dire, mon mari était très heureux de cette grossesse. Un deuxième enfant. Rien qu'une bonne nouvelle.

Moi j'étais un peu perdue. Je n'arrivais pas à croire que j'étais enceinte.

Elle n'avait pas voulu tout de suite nommer la petite, la seule enfant de l'histoire. Elle avait longtemps hésité entre « la petite » et « *elle* », en italique. D'ailleurs, elle ne voudrait rien dire de très précis la concernant, la petite existait, mais Bénédicte ne savait pas quoi dire de son existence, bien sûr elle avait assisté à tout cela, elle avait même dit à sa mère, *il est parti le bébé dans ton ventre*. Elle avait bien compris. Bénédicte n'avait pas su qui lui avait expliqué, ni quand, mais il était clair qu'elle avait compris, et puis elle avait dû les voir pleurer, surtout sa mère, elle avait bien dû assister à une crise de larmes. C'était souvent des sanglots sans pouvoir reprendre son souffle, il n'y avait pas eu de cris, pas de crise à proprement parler, mais des sanglots, très longs, si longs, impossible à arrêter, et puis c'était devenu des larmes silencieuses, sans un souffle, des larmes qui coulaient toutes seules, à n'importe quelle heure du jour et de la nuit. Une tristesse à l'état pur, cristalline, inouïe, presque sans tristesse.

Comme prénom pour la petite, elle avait fini par choisir « Émilie », à cause d'une chanson de son enfance, « je m'appelle Émilie jolie ». C'était pas mal pour une petite fille de deux ans, Émilie. Alors à partir de là, il y avait eu Bénédicte, Guillaume, et leur fille Émilie.

La question des noms des médecins aussi s'était posée, elle ne savait pas si elle pourrait rester vague, « il, elle », elle pensait que cela ne suffirait peut-être pas, qu'elle risquerait rapidement d'être confuse au milieu de toutes ces blouses blanches, entre celle qui ne voulait pas, celle qui voulait, celle qui ne parlait que de statistiques, de religion, et de raisons psychiatriques qui justifieraient une dérogation à la loi, sans oublier le psychologue, l'anesthésiste, il fallait peut-être les nommer pour les discerner, et suivre les étapes de leur présence autant que la violence de leurs énoncés. Elle avait fini par décider de ne donner un nom qu'à la gynécologue qui ne les avait jamais accusés, Mme Flévine.

Entrez avec elle dans sa boucherie, dans son caveau mal refermé, venez avec elle, ne la laissez plus seule avec tout ça, le dégoût, la colère, la haine, les mêmes scènes qui se répétaient, et des larmes qui pourraient continuer de couler sans s'arrêter.

Ne plus y être seule, partager. Elle ne chercherait pas d'explication, elle ferait un récit. Une tentative de récit. Un compte rendu. En dehors d'elle.

Elle ne dirait rien de son histoire d'avant, pas besoin, elle avait voulu une chronologie entre le mois de mai et le mois d'octobre. Un journal ciblé, pas de psychologie, d'explications, de second degré. Elle avait voulu juste relater les faits et les états, le plus précisément possible. Elle n'avait jamais cessé de se refaire le film, elle allait le faire une fois pour toutes, après elle passerait à autre chose.

Quinze ans après l'événement, Bénédicte avait voulu regarder ce qui était accessible sur internet à propos des interruptions médicales de grossesse. Pas dans des livres savants. Elle avait lu, en diagonale d'abord, et puis plus précisément, surtout ce qui était explicite, presque médical, cru. Elle avait vu que pour la formation des médecins, il existait des procédures sur l'interruption médicale de grossesse, des recommandations, et un cadre légal. Elle avait juste mis dans Google « méthode d'interruption médicale de grossesse ». Pour voir. Pour savoir. Comme pour vérifier ses souvenirs.

Selon l'article L162-12 du code de santé publique, l'interruption médicale de grossesse est autorisée quel que soit le terme dans les conditions suivantes :

L'interruption volontaire de grossesse peut à toute époque être pratiquée si deux médecins attestent, après examen et discussion, que la poursuite de la grossesse met en péril grave la santé de la femme ou qu'il existe une forte probabilité que l'enfant à naître soit atteint d'une affection d'une particulière gravité reconnue comme incurable au moment du diagnostic [...] En outre si l'interruption de grossesse est envisagée au motif qu'il existe une forte probabilité que l'enfant à naître soit atteint d'une affection d'une particulière gravité reconnue comme incurable au moment du diagnostic, l'un des deux médecins doit exercer son activité dans un centre de diagnostic prénatal multidisciplinaire.

Lorsque la décision est prise, il est nécessaire de revoir le couple en consultation afin d'expliquer au mieux le déroulement de l'IMG. Cette consultation est difficile. Le couple est encore en état de choc ou au stade de révolte.

Il désire souvent une évacuation rapide de l'utérus, sans risque et indolore. La consultation doit être réalisée par un médecin ayant l'expérience de la prise en charge des IMG. Il contrôle que le couple est en accord avec l'indication d'IMG. Un formulaire de consentement n'est pas obligatoire, mais existe dans certains services. Le médecin doit par contre vérifier la présence des certificats des deux médecins experts.

Le couple est informé des procédures techniques qui vont être utilisées, de la durée variable de ces procédures ainsi que des risques de complications.

La prise en charge de la douleur physique et morale est abordée : discussion des moyens de lutter contre la douleur, proposition de rencontre avec la psychologue. Les problèmes du fœticide et de l'autopsie sont abordés également. On privilégie une hospitalisation en chambre seule, dans un secteur à distance des femmes qui viennent d'accoucher. Le personnel soignant doit être très présent mais il est difficile de former des sages-femmes « spécialisées » car l'accompagnement de ces femmes est lourd sur le plan psychologique pour le personnel soignant.

Différentes méthodes d'IMG sont utilisées afin d'obtenir l'expulsion du fœtus par les voies naturelles, le plus rapidement possible, avec le minimum de risques et d'effets secondaires tant physiques que psychologiques.

La plupart des protocoles associent plusieurs produits selon des modalités variables.

Dinoprostone, qui sert à la maturation du col, le sulprostone, ce qu'on appelle les laminaires ou dilapans qui sont placés dans le col. Leur utilisation a pour but de diminuer le délai d'expulsion, ils permettent en particulier la distension passive du col.

La douleur psychologique infligée aux femmes devant subir une IMG impose de réduire au maximum la douleur physique.

La lutte contre la douleur doit être présente à toutes les étapes de l'IMG. La pose de la péridurale, mise en place dès l'arrivée de la femme en salle de travail, avant l'apparition des premières douleurs de contractions. Elle sera maintenue en place pendant toute la durée du travail, même si la durée est de plus de 24 heures.

En cas de contre-indication à la péridurale, la morphine doit être proposée.

Le fœticide sera réalisé si possible sous péridurale ou sous sédation complète si la mère ne souhaite pas être « présente ».

L'infanticide est puni par la loi mais pas le fœticide, qui a d'ailleurs un triple intérêt : la diminution de la durée d'expulsion, la diminution de la douleur fœtale, et s'il y a expulsion d'un fœtus mort, il n'y aura pas d'infanticide à réaliser. Le fœticide doit être réalisé avant l'induction du travail, au mieux après la pose de la péridurale. Il est réalisé par injection en intra-cardiaque ou dans le cordon de Penthotal puis du potassium. Le protocole de l'interruption est le suivant, Mifégyne une ou deux prises à 24 heures d'intervalle, certaines équipes recommandent la pose de laminaires, par voie vaginale toutes les 4 heures jusqu'à expulsion complète, et en fonction des contractions utérines.

C'était exactement ça. Elle n'avait pas vérifié si c'était vrai, elle avait vu que c'était vrai. Bénédicte se demandait si au moment de l'événement elle aurait cherché à lire tout cela. Mais pas plus que de téléphone mobile, il n'y avait à l'époque d'internet facile. Elle n'avait pas cherché à savoir. Elle n'avait rien demandé à personne, et personne n'avait donné d'explications aussi claires.

Elle avait supporté. Elle n'avait pas eu le choix que d'y être, son ventre y avait été, ses cuisses ouvertes, son sexe béant sur des instruments métalliques dans la main de la gynécologue, ses contractions inefficaces, un fœtus remuant qui ne voulait pas descendre tout seul, des douleurs dans le ventre, des vomissements incoercibles au-dessus d'un bac en métal froid, sous le regard effaré d'un anesthésiste impatient.

On peut y aller maintenant, il faut arrêter de pleurer comme ça, je ne vais même pas pouvoir vous endormir si vous pleurez comme ça.

Il a dit quoi le sauvage ? Qu'il va aller chercher le gosse de force, elle ne comprend pas ce qu'on lui demande, elle n'y est pour rien si les contractions se font dans le vide. Il a dit quoi exactement le sauvage en vert ? Est-ce que c'est sa faute à elle si le fœtus ne veut pas sortir tout seul ? Il le sait peut-être lui qu'on est venu le tirer de là de force. Il le sait lui que c'est sa mort qui vient.

Ils sont combien dans la pièce pour aller le chercher de force ? Trois emballés de la tête au pied, gantés, masqués. Trois sauvages debout autour d'elle, toute nue, jambes écartées, l'air froid qui souffle et des larmes qui ne la réchauffent pas.

Allez madame, il faut s'arrêter maintenant.

Il veut quoi l'endormeur de merde ? Il dit quoi au juste sous son masque de lâche ? Qu'il va m'assommer pour que j'arrête de pleurer, et qu'on puisse me rentrer dans la cavité utérine. Me transpercer, m'éventrer ?

Elle ne voulait pas que cette grossesse s'arrête, elle ne voulait pas que ce bébé meure à cause d'elle. Si Bénédicte n'avait pas mangé la viande des Grisons, ils n'en seraient peut-être pas tous là, à se déhancher autour d'elle pour que ça s'arrête.

Elle savait bien que Guillaume et elle n'auraient pas gardé un enfant qui ne serait pas un enfant, mais pour toujours un petit légume dans une chaise haute, coincé pour toujours dans une chaise haute. Ce n'était pas un choix, il n'y avait pas de choix. C'était trop tard, elle avait mis cette grossesse en danger, c'était elle qui n'avait pas fait ce qu'il fallait pour que cette grossesse puisse donner un bébé, un jour, un vrai, comme les autres. Bénédicte avait mis de la viande des Grisons à la place d'un bébé, de la salade, des fruits de mer, elle avait gavé son ventre à peine plein de salade pas cuite, de bouillie de germes, il fallait arrêter de pleurer sur sa négligence, il fallait arrêter de pleurer, tout simplement.

On va être obligé de vous endormir maintenant, ce sera terminé quand vous vous réveillerez.

On lui dirait facilement, *tu es quand même passé à autre chose, il ne faut peut-être pas exagérer, tu es quand même déjà passé à autre chose.*

Bien sûr. Sûrement. Sans aucun doute.

Bénédicte avait fait des études de médecine, mais elle ne se souvenait de rien qui concernait la grossesse, ni le développement des bébés, encore moins les maladies qui pouvaient les abîmer. Elle avait tout appris par obligation, et tout oublié.

À la fin du troisième mois, approximativement, le fœtus mesurait neuf centimètres de la tête aux fesses, si l'on considérait son poids, il pesait quarante-trois grammes. Pour un faire-part de naissance, ce n'était pas utilisable. À ce stade, il n'aurait pas pris de place dans une poubelle.

Le corps à partir de là avait grandi plus vite que la tête, et sa peau, plutôt sa membrane très fine s'était couverte d'un duvet qui partirait avant la naissance. Le lanugo. Bénédicte n'avait jamais regardé d'où venait ce joli mot, elle ne s'était pas posé la question, elle aurait dû. Elle avait su que les sourcils se dessinaient à cette phase, que les cheveux poussaient sur le petit, tout petit sommet de son crâne.

Elle s'était demandé à partir de quand il avait ressemblé à un être humain, elle avait entendu dire que les membres devenaient harmonieux pendant le troisième mois, que les ongles se formaient. Le plus troublant c'était le moment de la constitution du visage, quand les yeux se rapprochaient et se recouvraient de paupières. Et puis la bouche, l'apparition de la bouche. Elle avait pensé aussi aux cordes vocales. Elle ne s'était pas passionnée pour ses bronches, ni son foie qui était très gros, avait pris toute la place dans l'abdomen. Elle n'avait jamais pensé à l'intestin qui au même moment s'était allongé, enroulé. Bénédicte s'était surtout intéressée à ses mouvements, en fait elle n'y avait pas pensé, elle les avait sentis, beaucoup. Et puis elle avait su que son utérus avait la taille d'un pamplemousse.

Au quatrième mois, le fœtus était passé à quinze centimètres, avait pesé deux cents grammes, et son utérus avait été une noix de coco. Des données simples. Des repères. Bénédicte avait essayé d'imaginer les empreintes digitales, tenté de visualiser même la circulation de son sang jusqu'à ses extrémités, et les premières circonvolutions de son cerveau. Elle l'avait presque vu buvant chaque jour des litres de liquide amniotique.

Le moment était venu de ses vingt-cinq centimètres, de ses cinq cents grammes. Le cinquième mois. Il y avait eu les mouvements amples de sa cage thoracique, sa respiration. Le souffle.

Après c'était terminé. On pouvait s'arrêter. À partir de là plus personne ne répondait aux appels. Arrêt sur image. Plus rien ni personne, aucun devenir.

On arrête, on expulse, on jette. À qui demander pardon ?

Elle avait entendu dire que le visage se terminait durant le sixième mois. Mais on lui avait dit aussi que tout se passait entre le deuxième et le troisième mois, comme un puzzle qui se rassemblerait autour de la ligne creusée entre la lèvre supérieure et le nez, le philtrum, c'était lui le point central de rotation et de rassemblement des éléments du visage. Des bourgeons, des fentes, des mouvements de plaques de cellules collées les unes aux autres, des inclinaisons, ce qui se creusait, aurait dû se rejoindre, s'étirer. Un visage humain. Elle ne savait pas si son visage avait eu le temps de devenir humain. Il n'avait pas eu pour elle de visage, elle n'avait rien eu à regarder, elle n'avait pas eu à le faire, elle dormait.

Quand vous vous réveillerez ce sera terminé.

Elle n'avait rien vu. Pas l'ombre d'un visage. Ni visage vide, ou incomplet, ou fantomatique. Son enfant sans visage.

Ouvrage composé par PCA/CMB Graphic.
Achevé d'imprimer
par l'Imprimerie Floch
à Mayenne, en juin 2015.
Dépôt légal : juin 2015.
Numéro d'imprimeur : 88473.

ISBN 978-2-7152-4141-1 / Imprimé en France.

286847